JN057317

雑駁の日録

工藤尚廣

ユニコ舎

装丁　芳本享
装画　毬月絵美

雑駁の日録

目次

前記　馬鹿だねぇと読んでもらいたい

はじまりは新宿区西早稲田にあった古い木造アパートであった。一九七九年三月、裏日本（当時はそういう言い方もしていました）の片田舎から上京した私が棲み家にした「平和荘」の三畳部屋。なけなしのお金で買ってきたキャンパスノートに最初の一文字を記した。三年間でキャンパスノートは十冊となった。そこには青年期にありがちな自棄と渇望が綴られていて、読み返すとつくづく馬鹿だったと我が身を恥じるばかりである。

二〇二〇年に十干十二支（じっかんじゅうにし）が一巡して還暦を迎えた。本来ならもう一度生まれ変わって出直さなければならないところだが、なにもしないまま三年が過ぎようとしている。

そもそもどうしようもない〝根なし草〟だから、「出直す」といっても、なにから「出直す」というのか。もしかすると「出直す」までもなく「まだはじまっていない」とさえ思えてしまうのだ。

しかし、よくよく考えると「はじまっていない」ということはなくて、あのキャンパスノートに記した最初の一文字で意識もしないうちに「はじまっていた」のである。

大学生時代、生活費と学費を稼ぐため当時はほかと比べて時給が格段によかった出版社に出入りするようになった。最初は本の在庫管理からはじまった。やがて編集のお手伝いをするようになり、原稿も書きはじめた。一九八五年頃には「フリーライター」を肩書としていた。その頃はがむしゃらに働いた。時代はバブル前夜。それからはとんでもない金額の原稿料が懐に入り、そのままどこかに消えていった。

話を戻そう。いつの間にか「はじまっていた」フリーライターの仕事は、自分で取材をして原稿を書くものもあったが、ゴーストライターとしての原稿書き、他人の書いた原稿のリライトなど、多岐に富んでいた。どんな仕事でも引き受けた。そのうち「きみは便利屋だなあ」などとからかわれるようになった。

編集職にも手を染めて「船の旅」（東京ニュース通信社）と「おとなのデジタルＴＶナビ」（産経新聞出版）の編集長を務めたが、基本的には便利屋ライター稼業でやってきた。

便利屋ライターが矜持としてきたのは「早くて」「安くて」「うまい！」。

二〇〇九年にある雑誌で文化人のIさんの人生の足跡についての記事を書いた。もちろんIさんにインタビューをした上でのことだ。出来上がった記事をIさんは気に入ってくれて、身近な友人たちに披露したようだ。その中のひとりが石原慎太郎。Iさんから「石原さんがね、これは書き手がうますぎると褒めてたよ」と聞いた私は、おだてられて木に登った豚の気分を味わった。

「うまい！」と言われれば嬉しいけれど、そんなに自信があるわけではない。最初に出入りした週刊誌の編集長には何度も書き直しをさせられた。深夜の編集部で「ドアホ！　なんやこの原稿は！」と怒鳴られ、書き上げた原稿を破られ、ゴミ箱に捨てられ……河内弁で一時間もまくしたてられて、「もう勘弁してくれ」と何度思ったことか。それはもう説教というレベルではなくて折檻のレベルであった。

あの編集長はやりすぎであったと思う。今の時代ならパワハラで訴えれば百パーセント勝訴だろう。だがしかし、あの編集長の壮絶な罵詈雑言がなければ今の私はいなかっただろう。便利屋ライターとしてやってこられたのは、あの編集長のお陰であると密かに感謝もしている。

四十数年間、膨大な数の文字を書き殴ってきた。さまざまな媒体での記事のほかにもキャンパスノートの日記や、四十歳を過ぎてからはじめた個人ブログもある。その中から「これは！」と思えるものを引っ張り出してみた。冒頭の話に戻れば「出直し」のきっかけを探してみたわけである。

引っ張り出したものは、まったくの〝雑駁の塊〟であった。

ある日、奇妙な夢を見た。

――紙に大事なことが書いてあるのだけれど、その紙は水平状態だったので一本のラインにしか見えなかった。今まではあまりに細すぎてラインがあることさえわからないでいた。今は細いラインが見えるが、それは線としか見えない。やがて、ちょっとしたきっかけでそれは面であることに気がついた。上や下から覗いてみたら、そこにはなにかが書かれていた。

眠りから覚めたら、そこに書かれていたことは頭から消し飛んでいた。しかし、なにか重要なことが書いてあったような気がしてならない。

その答えが〝雑駁の塊〟の中にあるような気がしてリライトしてみた。

読むと元気になる
とまではいかないけれど、
馬鹿だねぇと
俄(にわ)かに楽しくなるよね。

リライトして構成しなおしてみた拙著「雑駁の日録」からそんなことを感じ取ってもらえたなら、便利屋ライター冥利に尽きるといえるだろう。

著者

人間到る処青山有り

一九七九年三月に新潟最北の市から上京。流れ着いた新宿区西早稲田でのハードでルーズな生活は〝羊の皮をかぶった山羊〟に大きな衝撃を与えた。東京さ出だならなにかが変わるという淡い希望は瞬時にして打ち砕かれてしまう。しかし、そこにあったのは絶望ではない。純朴な山羊を粗暴な山羊に変えた混沌の日々。それは〝青山〟という宝物として記憶された。

美は境界線上にあり！　平和荘と月光荘

一九七九年に新潟県村上市から上京してきた私は〝羊の皮をかぶった山羊〟のように純朴な青年であった。その山羊が最初の棲み家としたのが、新宿区西早稲田にあった「平和荘」という木造アパートであった。

この「平和荘」、もしかすると戦前からあったのかもと思えるほど凄まじく古い造りで、私の部屋は共同便所（トイレではなく便所としかいいようのない雰囲気でした）の隣の三畳部屋。壁が薄く、ほかの住人が和式便器をまたいで用をたす音がダイレクトに聞こえてきて、臭いまで漂ってきそうであった。もちろん最初は嫌であったが、そのうちその音で誰が用を足しているのか、わかるようにもなっていった。

もとは学生アパートであったようだが、「新人類」と呼ばれた私の世代では最早そのようなアパートに住むまともな若者はなく、世間に背を向けなくてはならない事情を抱えた者や、あとは独り者の老人が入居していた。

共同炊事場にごきぶりホイホイを仕かけると瞬時にしてホイホイの中身が真っ黒になるという恐怖の館であった。しかし、人間というのは不思議な生き物である。そのうち不平不満を感じなくなっていく。

いちいち立たなくても、すべてのモノが手に届く生活は、横着な私の性分に合っていた。煎餅布団と座卓しか置けない部屋ではなにかを買おうという意欲は薄れる。必然的にモノへの執着心がなくなる。一方で失うものはなにもないので外での言動は激しくなっていった。

「平和荘」時代の暮らしが私という人間の〝心〟の形成に少なからぬ影響を与えたのは間違いないと思う。

平和荘のことを思い出すと、必ず頭に浮かぶ、もうひとつの木造アパートがある。狩撫麻礼原作、たなか亜希夫作画による漫画「迷走王ボーダー」。この漫画の主人公・蜂須賀は「月光荘」という木造アパートのもとは便所だったところで暮らしている（共同便所は流行(はや)らないということで家主が各部屋にトイレを設置。そのまま空きスペースとなった共同便所を蜂須賀が借りたという設定でした）。

この蜂須賀が月光荘の仲間である久保田、木村とともにタイトルにあるボーダー（境界線）での暮らしで迷走していく。食うに困って子供が道端に落としたハンバーガーを涎を垂らしながら拾おうとするところまで落ちたかと思えば、世には出せない闇の大金を手にしたりと、凄まじくジェットコースター的な展開であった。

非現実的なストーリーではあるが、平和荘の住人だった私には共鳴するところも多い。たぶん「美は境界線上にあり」という蜂須賀のセリフに魅せられたためであろう。蜂須賀たちの迷走の果てにあったものは――。ザ・ブルーハーツの「人にやさしく」の歌詞で最終話をしめているのが清々しかった。

一方、リアルな「平和荘」の日常は「人にやさしく」とはまったく正反対で、純朴な山羊がかぶっていた羊の皮は、平和荘の住人たちに剥ぎとられてしまうのである。

平和荘の乱

東京都新宿区西早稲田にあった「平和荘」は社会からドロップアウトした連中の巣窟でもあった。住人の年齢は、上は偏屈な爺さんから下は貧乏学生までばらばらであった。私を雇ってくれたバイト先の新聞販売店が住み込みの従業員の宿泊先としても契約していたので、バイトの先輩たちも入居していたが、そのほかの居住者とはほとんど口をきくことはなく薄いドアを隔てた人間関係も紙のように薄いものであった。

それでもなにかをきっかけに意気投合することがある。十九歳の私も年齢不詳の先輩・鈴木さんに可愛がられるようになった。鈴木さんは「立てばパチンコ、座れば麻雀、歩く姿は馬券買い」の実践者であった。私に博打、そして酒と暴力の手ほどきをした人で、この時期の私が意味もなく尊敬した人生の師でもあった。

土地柄、平和荘には早稲田大学の学生も入居していた。「佐々木さん」と記憶するが、この人も何年も留年してきたようで〝羊の皮をかぶった山羊〟の目からしたら、まともな人間には見えなかった。なんでも空手部に所属している猛者という噂であった。

ある日、鈴木さんと佐々木さんが揉めた。そのきっかけというのも滅茶苦茶である。鈴木さんは二階の自分の部屋に仲間たちを集めて麻雀をはじめた。この日はなかなか決着がつかなかった。深夜零時を過ぎても終わる気配はない。たしかに牌を混ぜる音はうるさい。そして、酒が入るから必然的に「ポン」「チー」「カン」「ロン」も声高となる。平和荘の壁はとても薄い。

突然、鈴木さんの部屋のドアが蹴破られた。

「うっせんだよ！　おめえら、何時だと思ってんだ。ああん」

佐々木さんであった。どうやら大学の仲間と飲んできたようで赤ら顔で目がすわっていた。

「やばい」と私はすぐに緊急避難の態勢に入ったのだが、鈴木さんは違った。

「なにやってんだ、てめえは！」

負けがこんでいたためか、鈴木さんも目がすわっている。そして「表に出ろ！」と怒鳴る。

佐々木さんは「おお、上等だよ。前からおめえは気に食わなかったんだ。ぶっ殺してやる」と吐き捨てるように言うと鈴木さんの部屋を出た。

鈴木さんも佐々木さんのあとにつづいて部屋を出た。もちろん私たちもそのあとにつづく。そして階段の下り口まできて、とんでもないことが起こる。鈴木さんが佐々木さんの背中にいきなり蹴りを入れたのである。佐々木さんは「おわ」と声を上げて、階段を落ちていく。次の瞬間、鈴木さんの姿も私の視界から消えた。階段を飛び降りた鈴木さんは膝から佐々木さんの体に落下。膝爆弾をまともにくらった佐々木さんそのまま悶絶する。鈴木さんは佐々木さんに馬乗りになって顔面に容赦ないパンチを浴びせていた。

後日談である。

鈴木さんと佐々木さんはその後、無二の親友のようになり、高田馬場の繁華街〝さかえ通り〟の怪しげな店で飲み明かすようになった。佐々木さんは鈴木さんを「おまえ」ではなく「鈴木さん」と呼び慕うようになっていた。拳によってつくられた関係というのは強固なものになるのだと、奇妙に感心もしたが、あれは佐々木さんの体育会系の気質によるところも大きかったと思う。

さらに後日談。

私は階段での乱闘について鈴木さんに「さすがにあれはヤバイでしょ。佐々木さん、死んだらどうするんですか？」と聞いたことがある。

「ばーか、早稲田で空手をやっているやつが、あんなアパートの階段でくたばるかよ。まともにやりあったらこっちが殺されてる」

そして狡猾で凶暴な表情を浮かべながら私に喧嘩の極意を伝授したのである。

「いっかぁ、あのときは二階だったから相手を先に行かせたけど、地下だったら自分が先導して階段の上にあがったところで蹴り落とすんだ」

実は私は新宿の歌舞伎町のバーで法外な料金を請求された際、怖いお兄さんから逃げるために、この鈴木さん直伝の攻撃をバーの階段で実行してみたことがある。結果は言わずもがな……。膝の古傷が今でも疼くことがある。

競馬から学んだ人生哲学

中卒で上京して「平和荘」に入居して、そのまま牢名主のような存在になった小幡さんの影響で私は競馬にどっぷりとハマった。

その頃、競馬界はトウショウボーイ、テンポイント、グリーングラスの三強の時代が終焉し、圧倒的なスターサラブレットは不在。それでも〝怪物二世〟カツラノハイセイコや〝無冠の帝王〟モンテプリンスなど、個性的な馬がいて、競馬界はちょっとした戦国期の様相。それゆえに贔屓(ひいき)馬の応援にも熱が入ったものであった。

私が競馬にハマったのは〝白い稲妻〟シービークロスを東京競馬場で目の当たりにしたためである。そもそも気乗りして競馬場に足を運んだわけではない。小幡さんによる〝大人の階段をのぼるための手ほどき〟とやらで、やや強引にお供させられたというところであった。

しかし、〝白い稲妻〟は衝撃的であった。競馬新聞の読み方などさっぱりわからないので小幡さんのウンチクを聞くふりをしながら、なんとなく白い毛並み（葦毛というのだそうです）の馬が格好よかったので、シービークロスからの連勝複式馬券を買った。

シービークロスはスタートするとすぐにどん尻となり、先頭集団からぐんぐん離されていく。「こりゃダメだ」と諦めモードに入ったのも束の間、向こう正面を過ぎたあたりでぐんぐんとスピードをあげて、緩やかな上り坂につづく四コーナーにかけての下り坂、そしてゴール前の直線にかけて、ほかの馬を牛蒡抜きにし、一着でゴール。まさに稲妻が私の体を貫き、その衝撃とともに私の財布が膨らんだのである。

シービークロスには次の出走レースでも稼がせてもらった。どうも私は〝朱に染まりやすい〟体質（思考）のようで、三カ月もすると立派な馬券買いのお兄ちゃんが出来上がっていた。競馬新聞を片手に耳に赤ペンを挟んで、バイトに臨む始末。

その後、一年間くらいは大きな負けはなかった。先輩たちが負けつづけるのを横目に「もしかしてオレって天才」という驕りも芽生えていた。

一九八二年、シービークロスの引退とともに、私の競馬の勘は大きく狂い出した。〝競馬は遊び〟のはずが飯のタネとして当てにするようになったのが破滅へのはじまりであった。当初は大きなレースしか手をつけなかったものが土日は必ず場外馬券場に通うようになっていた。そして、純粋にレースを予測するのではなく、負けると、それを取り戻すための配当金を狙って馬券を買うようになった。当然ながらそんな買い方に幸運の女神はほほ笑まない。

借金をしながら競馬に臨むこと、二カ月。毎レースやったわけではないが、ついに八十連敗。空の財布を握り、茫然自失とする。

季節は春。場外馬券場には舞うは蝶や桜の花弁(はなびら)ではなく、千切った馬券と、空虚なオレの心ばかり――。

以降、競馬はきっぱりとやめた。

高い授業料を払って競馬から学んだ「貧すれば鈍する」は、私の人生哲学として染みついている。

さらば平和荘

私が「平和荘」で暮らしたのは一九七九年からの三年間である。平和荘の話をすると、どういうわけか「トキワ荘みたいですね」みたいなことを言う人もいるのだが、実情はかなり、というかまったく異なっていた。まず時代が違う。「トキワ荘」は一九五〇年代、手塚治虫、藤子不二雄、石ノ森章太郎、赤塚不二夫らが居住していたアパートで、漫画ファンにとって聖地である。「トキワ荘」には〝志〟が満ちていたように思うが、「平和荘」はすえた匂い、退廃した空気が満ちていたのである。

「平和荘の乱」を生で見せられれば、かなり肝を冷やすけれど、あとで笑い話にもなる。けれど、「平和荘の乱」を遥かに超えた笑い話では済まされない出来事が日常的に起きていたのである。私の倫理感はぶっ飛んでしまい、倒錯と混沌の日常に浮遊するようになってしまっていた。

一年もしないうちに、この〝人生墓場〟のようなアパートから抜け出さないとやばいことになると自覚していたのだが、怠惰な生活に奇妙な心地良さを感じはじめていた。このままでは自分の行く末は新宿駅の地下街（段ボールハウス）しかないと焦りはじめて「平和荘」からの脱出を決意した矢先、任意保険に加入していない原付バイクを高級車のキャデラックにぶつけてしまうというアクシデントに見舞われてしまった。修理代は三十万円。当時の私にとっては天文学的な数字である。空いた口は塞がりようもなかった。なにせ「平和荘」三畳部屋の三年分の家賃（水道・電気代込み）に匹敵するのだから。もちろん払えるわけもなく、バイト先の新聞販売店の社長に頭を下げて立て替えてもらった。

実は鈴木さんや小幡さんにも、このままここにいたら本当に人生の落後者になってしまうという焦りがあったようで、彼らはそれぞれにふさわしいタイミングで「平和荘」を去っていった。そして私も朝夕は新聞配達、昼間は喫茶店のウエーター、夜はコンビニでレジ打ちをして借金を返済して、「平和荘」から出たのである。

私にとって「平和荘」は人生の〝まわり道〟だったが、その〝まわり道〟は避けて通れないものだったようにも思える。

「平和荘」の住人たちは今どうしているのだろうか。そう考えるときはあるけれど、会いたいとは思わない。おそらく同じ屋根の下で暮らしていた人たちも同じ気持ちであると思う。別に罪を犯したわけではないけど、「平和荘」の思い出はきっと封印したいはず。それは社会の底辺にいたことの劣等感のためということもあるが、あの魅力的な倒錯と混沌の日々はなきものにしないと、普通に暮らしていけないから。

よくよく考えてみると六十歳をとうに過ぎた今となっても、四十年前に新宿区西早稲田にあった「平和荘」を思い出して、こんなことを書いているのだから、これはもう大きな大きな人生の〝まわり道〟のようなもの。「平和荘」恐るべし。

環七の集

新潟県の高校を卒業して上京してきたのが一九七九年。田舎では〝羊の皮をかぶった山羊〟だった純朴な少年が初めての都会生活で憧れたのがバイクだった。それは高校時代に愛読していた石井いさみの「750ライダー」という漫画の影響が大きかったと思う。一九八三年にはじまった楠みちはるの「J物語」にもハマり、全二巻のコミックは我が家の本棚に大事に保管されている。

バイク好きとはいえ、稼いだ金のほとんどが生活費と学費に消えていったため、ナナハンにはとても手を出せない。初めて買ったバイクがホンダのCB250RS－Zだった。なぜかバイク仲間は同じ境遇の連中がつるむことが多い。すなわち貧乏ライダーたちである。

その当時は暴走族が幅を利かせていた。ブラックエンペラー、ジョーカーズ、スペクターとかの全盛期であったのではないか。私は品川・大井町のZEROに目をつけられたことがあるが、バイト先でZEROの幹部と仲良しになってからはちょっかいをだされることはなくなった。

さて、貧乏ライダーの仲間たちと暴走族の真似事をしたことがある。といっても小心者揃いだから〝夜露死苦〟にのめり込むはずはなく、ハンパにいじったバイクとこけおどしの格好でブンブンやっていたというレベル。信号の多い山手通りや、大型トラックの多い環八は危ないので避けて、ほかの族やパトカーに追いかけられても横道に逃げやすい環七を飛ばしていた。

ある日、私はヘルメットにマジックで「狼」と書いた（ステッカーなんて買う金がなかったので）。

どうせ笑われるだろうから、その前に言い訳しておいた。

「オレゃあー、今から〝環七の狼〟でやっていくから。ヨロシク！」

予期に反してどういうわけか仲間は「そっかぁ～」と感心したような眼差しを向けたのである。

類は友を呼ぶとはこのことなのか。

翌日からヘルメットにマジックで文字を入れてくるやつが一人、また一人と増えていった。虎、鷹、龍、雷……。

異色だったのが「集」。

みんなはなんとなくそいつの意図はわかっているのだろうけど、つっこむことはなく黙々と環七をブンブンした。

しかし、私は最後まで黙って見過ごすことができなかった。コンビニの前でのうんこ座りの反省会のときに言った。「おまえ、それ、ハヤブサのつもりか？」

そしたら集クンは頭を掻きながら「やっぱ、わかっちゃった？　油性マジックなんで直せなかったんすよ」。

そいつも仲間たちも大爆笑した。あの気の良い、集クンはどうしているだろうか。元気でやっているだろうか。ときどき懐かしく思い出すことがある。

どん底まで落ちればアッケラカンと構えられる

〝羊の皮をかぶった山羊〟の〝環七の狼〟時代はあっけなく終焉を迎える。大学生となっていた私は翼の折れたエンジェルのようになって、深夜の内堀通りをバイクで疾走していた。なぜ翼が折れたか……若人の挫折といえば失恋に決まっている。

その頃の私は人生の中でいちばん不安定であった（物心ともに）。バイト先ではチンピラと呼ばれ、夜の街で暴れて警察の厄介になったことも一度や二度ではない。ただ、真っ直ぐな心というものはあったような気がする。その真っ直ぐな心を失恋というやつは、いとも簡単にポッキリと折ってしまうのである。

その日は信号などおかまいなしに疾走していた。自暴自棄だったのである。そうしたら、案の定やってしまった。交差点に入ってきたタクシーに激突したのである。かなりスピードを出していたので、バイクが宙を飛んだ。

事故のとき大抵の当事者が経験するように、そのときの私の頭の中はスローモーション、コマ送り状態である。脳裏には失恋の痛手を負わせた女のいろいろな表情が浮かび、そして消えていく。

ドオーンと着地。タクシーのどこに当たったのかわからないが、ブレーキとクラッチのレバーがなくなっていた。フロントサスペンションがくの字に曲がり、タイヤがエンジンマフラーに食い込んでいた。あたりにはゴムの焼ける臭いが漂うばかり。

バイクのダメージはひどかったが（新車が買えるほどの修理代がかかるため廃車処分にしました）、私の体はまったくの無傷。両ハンドルのレバーがポッキリ折れているのに指にも傷ひとつない。そもそもバイクもろとも路面に叩きつけられなかったことが奇跡であった。

タクシーの運転手が青ざめた顔で車から飛び出してきた。最初は神妙な表情で「大丈夫ですか？」と聞いてきたが、こちらが無傷でケロリとしていると突然、信号無視を責め立てはじめた。

タクシーの運転手の苦言は私の耳をスルーしていった。そのとき私は感動していた。

「おお、オレは生かされている」

警察署でこってり絞られたが、そのあと吉野家で牛丼を食べていたら、なんとなく元気が出てきた。実はフラれた日から、この日まで一週間ほど、食べものが喉を通らなくなっていたのだ。

失恋、そしてバイクとの別れ。人はどん底まで落ちれば、開き直れてアッケラカンと構えられると知った。吉牛は今も私のソウルフードである。

おおさまの耳はロバの耳ぃ〜

一九七九年に上京してきた〝羊の皮をかぶった山羊〟である私。憧れの大都会の生活に舞い上っていた。

ちょうどクリスタルキングの「大都会」が流行っていた頃。「♪ラナウエ〜ラナウエ〜今、駆けていく〜」という感じであった。

貧乏学生であったから駆けても、すぐにけつまずいて転ぶのが常であったのだが、この思い出もそんな中のひとつである。

大学の友人から舞台演劇のチケットを売りつけられた。都会の舞台である。当時は相場がわかならかったが貧乏学生にはなかなか手を出せない値段だったと思う。その頃の私は舞台といえば、ちょっと、いや、かなり古いが「♪夢のパラダイスよ〜花のとおぉきょ〜」みたいな大きな劇場でのレビューを想像していたのだが、まず会場に驚いた。新宿二丁目の路地裏にあった古いビル。重々しい鉄製のドアを開けて、恐る恐るビルに入ると、薄暗い通路があり、舞台名を記したポスターが貼ってあった。

田舎者である。これはまずいところに入ってしまったと、そそくさと引き返そうとしたのだが、なんとも妖艶な女性が現れて手招きする。今でいうなら中島美嘉のような女性に案内された会場は二十人ほどの人で埋まっていた。椅子などはない。みんな床に胡坐(あぐら)をかいて座っていた。まるで田舎の公民館のような雰囲気で「これが花のとおぉきょ〜か!?」と目を疑った。

田舎者の本能が頭で警笛を鳴らした。これは怪しい宗教団体がバックについてるかもしれない、と。

そして開演。だが、舞台を楽しむどころではなかった。なにを演じているのか、さっぱり理解できない。場面はいろいろ展開するのだが、ひとつのストーリーになっているとは思えなかった。ステージで男と女がそれこそ本当にまぐあうような官能的なシーンがあり、田舎者の本能は別の方向で感応してピンク色の信号を点滅させたのだが、いきなり照明が落ちて会場は真っ暗となる。すると会場の出入り口にスポットライトが当たり、そこには今でいうならデーモン小暮閣下のような人が立っていて、「おおさまの耳はロバの耳ぃ〜」と連呼しながらステージに向かって歩きはじめるのである。

会場はどよめき、拍手喝采。だが、田舎者にはさっぱり訳がわからない。そんなこんなで演目は終わり、なんとも空虚な気持ちのまま会場を出た。

あれが「アングラ」であると知るには、少し時間を要した。

私は「アングラ」を否定するつもりはない。わかる人には、この上ない感動があるのだろう。しかし、「これがわからないのは、わからないほうがおかしい」というところがあるのも事実だ。

後日、チケットを売りつけた友人から「面白かったろ」と聞かれて、顔面にパンチを入れたくなったのを堪えて、「まあな」と答えて自己嫌悪に陥った。このことが私がアングラ、すなわち前衛的な芸術（文学も含めて）を敬遠する要因になったのは間違いない。きちんと段階を踏んでその世界に至ったのであれば別の結果もあったのかもしれないけど。この頃の都会の空気は「王様の耳はロバの耳」とは言い出せない排他的なところがあったような気がしたが、それは田舎者のひがみだったのだろうか……。

百円玉を握りしめて

バイクで事故ったときもそうだが、若い頃は目には見えない畏怖すべき存在に生かされているという出来事がままあった。このエピソードもそのひとつ。大学生の頃のことだ。

貧乏な学生時代。家賃、生活費から授業料、そして分不相応に買ってしまったバイクの飯代（ガソリン）で困窮した私は、ついに生活を継続するのにいちばん肝となる自分の飯代が「♪にっちもさっちもどうにもブルドッグ」になってしまった（実際、口ずさんでいました）。家賃も滞納、バイト代が入るのは一週間後、財布の中身は百円。どうする？

当時、アルバイト先の出版社には社員食堂があり、昼食は無料であった。その会社では体格の良い大飯食いの若手社員が「どんぶり君」と呼ばれていた。それは社食のおばちゃんがその社員だけには茶碗でなくどんぶりでご飯をよそっていたためである。アルバイトで入った私が社食で並ぶと、そのおばちゃんはなにを思ったのか、どんぶりではなくお皿にご飯をてんこ盛りにした。「どんぶり君」は身長百八十センチ以上、体重は九十キロくらいの巨漢であるから見るからに「食うぞ!」という風貌であったが、私は身長百七十七センチ、体重六十二キロ。自慢にしていいくらいの理想的な体形であったのだが、お皿にご飯を盛ったおばさんの目には私が相当に餓えているように見えたのだろう。そのおばちゃんの好意は涙が出るくらい嬉しかった。だが、私はその会社で「バイトのお皿君」という不名誉な渾名で呼ばれるようになった。

さて、話を戻そう。社食で一日一食はなんとか食べられるが、すぐにお腹のすく「お皿君」は百円で食パンを買うかどうか迷った。一斤八切れのパンを一日二枚と決めて食べて、四日間しのいだことがあったからだ。お米屋さんで古米を買ってしのいだこともあるが、さすがに「百円分ください」は恥ずかしすぎる。

バイト代が入るまで一週間。そのときすでに私は腹ペコで目眩がしていて思考回路が麻痺していたに違いない。

ええい、イチかバチかだ!

私は百円玉を握りしめパチンコ屋に駆け込んだ。当時流行っていたのはドラム式の「フィーバー」。その一台にすべてを賭けた。百円で換えられる玉の数は二十五個。普通に打ったら一分ももたないだろう。それをゆっくりゆっくり、一玉一玉を大切に打つ。入賞口に玉が入り、ドラムが回る。そして、そのとき奇跡が起こる。7……7……7。空っぽの胃から得体のしれないなにかを吐きそうになるくらい興奮した。

「フィーバー」初期の頃はドラムの7が三つそろえば、下部のポケットが開き、ポケット中央部の入賞口に玉が入れば制限なしに打ちつづけることができた。台が吐き出す玉はドル箱ではなくバケツに入れた。といってもギャンブル性の高さが問題となり、その頃は三千発くらいで打ち止めになった。換金すると約七千円。元手は百円、私は数分間で七十倍の現金を手に入れたのである。

本物のギャンブラーならその金をさらに賭けに注ぎ込むだろうが、私はすぐにパチンコ屋を出た。七千円あれば、一週間どころか二週間は軽く暮らせる。

7が三つ並んだときの歓喜を忘れられないが、パチンコ屋の前で百円玉を握りしめて悲壮感にくれていた若き日の自分が今も愛おしい。

論文をエッセイする

大学に入学するまで二年間を要した。自分自身では浪人だとは思っていない。上京時には無一文で食べることだけで精一杯だったからだ。迷走の二年間が私という人間の人格を形成した時期だと思っている。実は上京した翌年から専門学校に通っていた。それなりの成績であったが、やはりなにかが違う。肝心の〝学びたい〟ことが違っていたのである。自分の〝学びたい〟ことは大学にしかなかった。そこでバイト代を節約して一校分の受験代を捻出した。私の〝学びたい〟ことは日本史であった。その分野でいえば東大や早稲田で学びたかったが、肝心の学力は高校三年生の頃よりも退化している。まあ、無理だろうと思いながら受けた大学が明治大学。受験日の前日、バイト仲間が起こした乱闘騒動に巻き込まれて一睡もせずに試験を受け、「まあ、無理」は「絶対無理」に変わったのだが、なぜか合格した。合格発表の掲示板の前で乱闘騒動を起こしたバイト仲間と手を取り合って歓喜したのは、今をもって人生最大の喜びの瞬間だったように思う。

専門学校を退学して大学に進んだ私だが、なにかが大きく変化したわけではない。大学時代の思い出といえば、旅行やテニス、スキー、ワンゲルを楽しむ級友たちを横目に〝バイト〟しかないという寂しい学生であった。

就職活動をしたことがない学生だった。バイトで出版社に出入りするようになり、そのままフリーランスで編集、記者、ライターの仕事をするようになってしまったからだ。

学校で学ぶことなど実社会では役に立たない。「学歴」はその後の人生を装飾するファッションアイテムのようなものだと思っていた。しかし、せっかく〝学びたい〟がために入った大学である。そこで学生の本分である学業と真摯に向き合おうと思った時期がある。

いや、訂正。なにせ本当にバイトで忙しくて学業に専心するゆとりなどなかった。教養課程はほとんどが「可」で、たまに「良」がもらえる程度。出席日数もぎりぎり。学校側の温情で卒業できたともいえなくはない。

でも、ここだけは自慢。

学生の本分としてなにか成果を残したい――。

そこで専門課程の選択科目だけはまっとうしようと決意した。

結果、選択科目はすべて「優」。そして卒業論文の「優」で私の大学生活は有終の美を飾る。その年は卒論で「優」をとった者は私の周囲では皆無。卒論の講師に「キミ、大学院にこないか」と誘われたことは、私にとって心の勲章にもなっている。

ちなみにだが、卒論でなにを書いたのかをよく覚えている。

タイトルは「古代武士論」。平安時代、東海道足柄峠には「僦馬(しゅうば)の党」と呼ばれる群盗がいた。その僦馬の党の横行を鎮圧するために朝廷は下級貴族たちを集めて武装集団を結成させた。それがやがて武士団となっていく……という論文だが、源頼光、平将門、藤原秀郷（俵藤太）ら伝説的な武士が登場。だけではなくアテルイや酒呑(しゅてん)童子、玉藻前(たまものまえ)なども出てくる破天荒な内容だった。

あとで考えてみれば、あれは〝卒業論文〟だったのかと疑問が残る。

たしかにいろいろな史料を読みあさったのだが、どうも論文というよりはエッセイに近いものであったような……。

出版社に出入りして、すでに記事を書いていたから、級友たちに比べれば文章を作る能力には長けていたのは事実。

また、独りよがりの思考に客観性を装うテクニックもそれなりにあったので、それが成績に反映されたような気もする。

では、論文とエッセイの違いとは？

論文は中身があるが、エッセイは実は空っぽ。

論文は眠たくなるが、エッセイは目が冴える！

といったところか？

日日是好日

一九八二年頃からはじめたライター業。提灯記事を書く記者、編集スタッフ、編集長にも就いて〝羊の皮をかぶった山羊〟は出版業に染まっていく。今では小さな出版社を起ち上げて書籍編集に勤しんでいる。出版業界が好況だった時代も知っているが、主に出版不況の荒波の中で喘いできた山羊。同じ時間を共有した仲間たちとの笑いと涙のエピソード。

植木職人になったデザイナー

かつて飯田橋にデザイン事務所をかまえていた〝わたぼお〟さん。

彼とは公私にわたり、いろいろあった。思い出すと首を絞めたくたくなることも多々あったが（仕事でのことで）、爆笑させてくれることもあって（こちらはプライベートで）、ストレス過多の出版業を生業としてきた私のガス抜きとなった恩人でもある。


今から十五年前ぐらいの夏の出来事。

仕事上では私がクライアントだが、渓流釣りでは師匠である、わたぼおさんと山梨県の道志村方面へ釣りに出かけた。われわれの渓流釣り仲間は朝早くから釣りをはじめるのだが数時間が限界。お祭り騒ぎメンバーがそろっていたので、すぐに竿を放りだし、河原で宴会となるのが常であった。

宴もたけなわになると、わたぼおさんは酔った勢いで釣りに同行できなかった友人たちに電話をしまくるのである。相手に通じると、わたぼおさんの話は長い。

あまりに長いので、ちょっとした悪戯心がムクムクと頭をもたげてきた。わたぼおさんは片手に携帯電話、片手で焼酎を入れたコップを口に運んでいた。その焼酎を運ぶ手の甲に、割り箸で捕まえたダンゴ虫（山の中のためか普段の生活で見かけるものと比べると五倍は大きいやつです）を置いてみた。「うわわ！」と驚いてコップや携帯電話を放り出すという慌てぶりを大笑いしてやろうという魂胆だったのだが、わたぼおさんはこちらの意図をまったく裏切る行為に及んだのである。

ダンゴ虫をのせた手の甲を口元に近づけると、それを躊躇なく口の中にぽいっ！　わたぼおさんはこちらを見てにっこりとほほ笑みながらピースサイン。どうやら酒のつまみを手の甲にのせてくれたと勘違いしたのである。

笑い飛ばそうと思っていたのに「うわわ！」と、のけ反ったのはこちらである。しかも、わたぼおさんは口内に放り込んだものを美味しそうに咀嚼しているから、出かかった「うわわ！」はぐっと飲み込むしかなかった。もはや「それ、ダンゴ虫ですよ」とも言い出せず、私の目は泳ぐばかり。

突然、わたぼおさんの電話の会話がとまった。咀嚼もぴたりととまった。わたぼおさんは口の中に指を入れると、白い糸を引くドロドロの物体をつまみ出し……（その先のおぞましい光景を書ける勇気はありません)。

わたぼおさんは終わりの見えない出版不況を危惧して事務所を閉じ、六十歳を過ぎてから植木職人になった。今は「植木職人ワタボオ」を名乗り、練馬周辺を跋扈(ばっこ)している。山と渓流を愛する野趣に富み、人を信じてダンゴ虫を丸飲みするような人にはぴったりの転職だったと思う。

現在、ワタボオさんは仕事の合間や趣味の渓流釣りの際に見つけた枯れ木、枯れた花や葉を使ってリースやスワッグを制作しているが、これがなかなかの出来栄え。作品を眺めながら「まだまだですね」という謙虚さがあればいいのだが、「どうですか、この仕事。グラフィックデザイナーとしての抜群のセンスが活かされているでしょ!」と鼻高々に言うから、少し鼻を折っておいたほうが当人のためと思い、「グラフィックデザインのセンスがないから植木屋に転職したんじゃないのですか」とぴしゃり。

しかしながら、「ワタボオさんのセンスは小さな本では収まりませんよ。庭づくりやこういう作品づくりにこそ活かされている」とフォローも。ワタボオさんはまんざらでもない様子だった。

「わたぼお」あらため「ワタボオ」さんとは、これからもいろいろありそうな気がする。

テロリストvs下町の親分

飯田橋にデザイン事務所をかまえていた〝わたぼお〟さんの話をすれば、もれなくついてくる人物がいる。クルーズマガジン「船の旅」でフリーランスの編集、ライターをしていたNさんである。

このNさん、女性ながら編集能力、また書き手としての力量は私が脱帽するほどの実力者である（まあ、私より年上でキャリアもあるから当然ですが）。だが、仕事と性格が反比例するところがあり、わたぼおさん同様突然キレる。

しかも弁が立つ上に相手がへこむまでやめないから質（たち）が悪い。私の目の前で「船の旅」の編集長に向かって「あんたには編集能力がない！」ときっぱりと言いきったことがある。もちろん編集長は頭に血がのぼる。それを隣で聞いてた部下の私はすっかり血の気がひく。身も蓋もない極論で電撃的に攻撃するNさんは以後、「テロリスト」と異名をとることになった（本人はいつも自爆テロであったと回顧しています）。

テロリストと、下町の親分のような風貌のわたぼおさんは性格がちょっぴり似ていて、ときには水魚の仲、またあるときは犬猿の仲、そして鴨葱の仲（なんですか、それ？）になってしまう。

あるとき、この鴨葱コンビが飲み会の席で大喧嘩をはじめた。事の発端は忘れてしまったが、結末はよく覚えている。そのときは、わたぼおさんのオゴリということになっていたのだが、「あんたになんかにゴチになってたまるか！」とNさんはオットコらしい啖呵（たんか）を切ると、福沢諭吉（一万円札）をわたぼおさんのオデコにペタとあてがい、その場から去っていった。脂ギッシュなわたぼおさんのオデコには諭吉がぴったり。まるでオデコにお札を貼られたキョンシーのようにわたぼおさんは固まってしまった。

Nさんとわたぼおさんはかなりの読書家であった。しかもNさんは私好みのジャンルのものを読破していたように思う。

「野沢尚にハマった」とNさんが言ったとき、私は苦笑した。

野沢の小説といえばNさんとわたぼおさんを連想する傑作があるからだ。

「魔笛」である。白昼の渋谷を襲った無差別爆弾テロ！——。

テロリスト・照屋礼子と刑事・鳴尾良輔のスリリングな頭脳戦、迫真の肉弾戦は、ライターとデザイナーの仁義なき戦いに似てなくはない。

フォアグラってレバーじゃん

私がテレビ情報誌の記者をやっていた一九八〇年代はアゴアシ（食事代や交通費・宿泊費）付きの取材は当たり前の時代だった。海外も含めていろいろなところに行かせてもらったが、忘れられないのが、「ザ・ベストテンin仙台」である。

いや、正確には「ザ・ベストテンin仙台」のことは忘れてしまっていた。調べてみると「ザ・ベストテン」５００回を記念して一九八七年十月一日に、仙台市内の勾当台公園で行われたセレモニーイベントであった。光ＧＥＮＪＩ、田原俊彦、近藤真彦など錚々（そうそう）たる顔ぶれが出演して、私は舞台の袖からそれを見ていたはずなのだが、その部分は記憶から見事に欠落している。

覚えているのはセレモニーイベントの打ち上げである。仙台の有名ホテルの大きな広間で行われた打ち上げには黒柳徹子や久米宏の姿があった。余談だがその少し前に私は記事のすっぱ抜きで「ザ・ベストテン」の山田修爾プロデューサーの逆鱗（げきりん）に触れていたため、会場の隅でこそこそと飲み食いをしていた。

番宣マンの広瀬隆一さんがやってきて、「どうだ、工藤。食ってるか?」と聞く。「ここのフォアグラはうまいぞ!」

この「フォアグラ」に私の五感が敏感に反応した。フォアグラ、トリュフ、キャビアは聞いたことがあるが、食べたことがなかった。いや、貧乏育ちだったので、そもそもそういったものがどんな食材なのかも知らなかったのだ。美食家を唸らせるメニュー。その言葉の響きだけで生唾があふれ出てくる。

広瀬さんと一緒にフォアグラをソテーしているコーナーに並び、シェフが焼いたフォアグラを皿にのせてもらう。ひと口大の茶色い肉の塊であった。

美味しそうである。舌なめずりして口に運び、咀嚼した次の瞬間、顎の動きが止まった。広瀬さんが「うまいだろう」とにこやかに言うので、うんうんと頷きながら、私はフォアグラを噛まずに飲み込んだのである。

実は私はレバーとパクチーだけは若い頃から苦手で、誤って口にしても、直ちに吐き出してしまう。そのときは「ザ・ベストテン」500回記念のめでたい宴席である。目の前に広瀬さんがいるので吐き出せずに飲み込んだのだが、えづくのをこらえるのに必死であった。

そのとき私が思ったことは「フォアグラってレバーじゃん」。

それからはフォアグラと聞くと、なぜか「ザ・ベストテンin仙台」を思い出すようになってしまった。


ちなみにトリュフは何度か口にしたが、その美味なる由縁は未だにわからない。キャビアはＴＢＳの忘年会の抽選会で「開高健賞」なるものが当たり（「開高健のキャビア・キャビア・キャビア」という番組がらみです）、キャビアを一ダース（十二個）ゲット！帰宅してからそれをスプーンに山盛りにしてさらうようにして食べ尽くしたら、しつこい脂と生臭さにやられてトイレに駆け込む始末。

今さらだが、私のような育ちの悪い男は卵かけご飯（それも「味の素」をチョチョっとふりかけたもの）がお似合いなのである。

きよしこ、の夜

NHKで「きよしとこの夜」という番組があったが、よく考えたタイトルだと感心する。といっても感心するのは私だけかもしれない。

感心するには理由がある。

実は「♪きいよし〜この夜」は誰でもそうだが、物心ついたときから耳に馴染んでいる歌であり、私自身は中学生の頃になっても、この歌のタイトルは「きよしこ、の夜」と思い込んでいたのだ。「きよしこ」がなんのことかは、まったく考えることはなかった。だいたい「♪きいよし〜」が「清し」などとは考えもせず、「きよしこ」という人がいるのではないかとトンチンカンなことを考えていた少年であった。

だから、「きよしとこの夜」と聞いたときには、なんだか幼少期の頃の感性を呼び覚ます嬉しさを感じたのである。

耳で覚えたものは手前勝手な想像をするものである。

私には兄がいるが、中学生の頃にサイモン&ガーファンクルの話を兄弟でときどきしていた。

　ある日、母親が「あんたたち、いつもサイモントガーファンがくるっていうけど、いったい、いつくるの。いつまで経ってもこないじゃない」と言った。

　目が点であった。母親は「サイモン&ガーファンクル」を「サイモントガーファンくる」と耳で理解していたのである。


　テレビ情報誌の記者をしていた頃、デビュー仕立ての牧瀬里穂を取材した。写真撮影を写真室のデスクに依頼したのだが、どうも会話が噛み合わない。

「牧瀬里穂を特写します。カメラマンを出してください」

「いいよ。マキちゃんね……」

　デスクはカメラマンの手配をしようとした。

「あのぉ……マキではないですよ」

「マキちゃんだろ。『♪きっとキミはこな〜い』の子だろ」

「そうですけど、カメラマンが名前を間違えるとまずいので、ちゃんと牧瀬里穂の撮影と伝えてくださいね」

「だから、マキちゃんだろうが」

「いえ、マキセですよ、マキセ」

「ん？　ありゃあ、マキ・セリホじゃないのか」

「マキセ・リホです」

牧瀬里穂と漢字で見た場合、「マキ・セリホ」と理解してしまうかもしれない。


そういえば私の上司には、こんな人もいた。

「受験勉強していた頃、深夜の楽しみがラジオの『中島みゆきのオールナイトニッポン』でね、彼女の『時代』って曲がかかるんだけど、『♪まわるまわるよ、時代はまわる』ってあるじゃない。あれ、ずっと『♪まわるまわる、四時台はまわる』と思ってたよ。勉強していて朝四時になると応援歌みたいで励みになったもんだよ」

その上司は北海道出身で上京してから食堂のメニューにあった「オニオンスライス」の字面から「どんな素敵なライスなんだろう」と期待して注文してみたら、出てきたのがタマネギの薄切り。上司は「オニオン・スライス」を「オニオンス・ライス」と頭の中で読んでしまっていたのだ。

思い込みは「間違い」とはいえない。しかし、そういう思い込みは日常的にあるような気がする。

劉家直伝の和風麻婆豆腐

独身生活の長かった私は少しばかり調理をたしなむ。二十代の頃のハードでルーズな生活のため、三十代ですっかり胃をやられてしまい、今では辛いものは医者から止められているが、もともとは辛いものが大好き。カレーなんかはプロはだしの腕前と自負していたが（かつて横須賀で海上自衛隊の艦船に乗り込み、海軍カレーの取材をして、そのレシピを得ています）、カミさんの作るマサラを使った本格カレーの美味しさには遥かに及ばず、カレー当番は彼女に譲ってしまった。

辛いものといえば「麻婆豆腐」があるが、これについては、かなり自信を持っている。というのも、前章に記した「平和荘」で出会った中国人留学生の劉君に伝授されたため。中国人直伝というと相当に本格的なものと想像するだろうが、さにあらず。劉君直伝の麻婆豆腐は実に日本的なのである。

その作り方――。

まず長ネギ一本をみじん切りにする。それを中華鍋で牛豚合挽肉（二百グラムくらい）と一緒に炒める。塩、胡椒少々。

そこに賽の目状に切った豆腐一丁を投入。そして粉末のトリガラスープをパラパラ。

ここからがミソ、ではなく七味唐辛子なのである。七味唐辛子をこれでもかというほどふりかける。そこに醤油をチョチョっと。

あとは水溶き片栗粉を入れて、とろみがついたらできあがり。本格的な麻婆豆腐には欠かせない豆板醤（トウバンジャン）や甜麺醤（テンメンジャン）、ラー油などは必要なし。

劉君に作ってもらったときに、私は「なんだよぉ、本格的なのを期待していたのに。だいたいなんで七味なんだよ、まったくぅ」と不満タラタラだったが、ひと口食べて「こ、これは……」と絶句した。とにかくマイウーだ！

劉君に言わせると七味唐辛子には山椒が入っているので、麻婆豆腐の味付けにはぴったりなのだとか。

ほかのポイントは「ネギ多め、油多め」それだけ。ちなみにだが、私は劉君から麻婆豆腐以外にもうひとつ、炒飯の作り方も伝授されているが、そのポイントも「ネギ多め、油多め」、プラス「最大火力で」であった。

この劉家直伝の和風麻婆豆腐を初めて食したカミさんも「たしかに美味しい」と珍しく私の料理（劉君の料理ですが）を褒めてくれた。彼女はさらに工夫をしようとラー油をたらしたのだが、「あ、これはダメ。七味の良さが消えてしまう」。この料理は七味の中にある微妙な山椒の風味が決め手なのである。

陳建一さんの麻婆豆腐を食べたことがあり、そのときはすんなり負けを認めた。だが、市販の麻婆豆腐の素を使ったものには負ける気はしない。

劉家直伝の和風麻婆豆腐、一度お試しあれ！

劉君との混沌の日々

麻婆豆腐のレシピを授けてくれた劉君は、私が平和荘を去ってからも、しばらく付き合いがつづいた数少ない友人であった。劉君は一見、温和そうなのだが、突然ヒートアップすることがあり、そんなときは予期せぬ行動を見せる。

場末の酒場でのこと。一九八〇年代は中国人蔑視の風潮があり、労務者風のジジイにからまれたことがあった。そのジジイの口から「しなちゃんころ」という言葉まで飛び出し、私のほうがぶちぎれそうになったのだが、劉君は軽く聞き流していた。それがなにかのはずみで突然、声を荒げて、手を振り上げた。

「そうじゃないだよ！」

このとき劉君はビールがなみなみと注がれたジョッキを手にしていた。そのまま振り上げたものだから、ビールが自分の肩口から背中にかけてバシャ！

怒り狂って相手の顔にビールをぶっかける場面はよく目にしたが、まさか自分にかけるとは……。しかし、この劉君の行動が笑いを誘い、労務者風のジジイも「おいおい、なにやってるんだ」とタオルを差し出してきて、険悪なムードは一変している。

コロナ禍前の日本の観光地はどこへ行っても中国人だらけだったが、八〇年代は中国人の姿は珍しかった。劉君は日本を知り尽くした中国人の一人だと思う。劉君とはバイク仲間でもあったが、彼はホンダのＶＴ２５０、その頃の私はカワサキＧＰＺ４００に乗っていた。

彼とは東北一周、能登半島一周、四国一周のツーリングをしている。お互い仕事で忙しい身の上だったので現地で集合して、しばらくは一緒に走り、その前後は別行動だったことも多かった。

北海道を単独ツーリングした劉君の土産話が忘れられない。

札幌郊外の食堂でのこと。お店を切り盛りするオバサンに話しかけられたそうだ。しばし世間話をして、その締めにオバサンが劉君のツーリングの目的地を聞いた。

「これからどこに行くんだい？」

「〝わかない〟だよ」

「え、どこだって？」

「〝わかない〟だよ」

「わかないって……あんた、大丈夫かい？」

「だから、〝わかない〟だよ」

「あんたがわかんないんじゃ、こっちはもっとわかんないよ」

当時、劉君はかなり流暢に日本語を操れたが、イントネーションとアクセントに微妙なところがあった。ついに〝わかない〟はわからないままになったが、劉君が言いたかったのは、もちろん「稚内」。

実は劉君には私が大学の第二外国語で履修した中国語のテストを代わりに受けたもらったことがあり（今さらですがお詫びいたします。時効ということでお許しください）、百点満点を期待したのが、日本語での出題の意味がわからなかったようで散々な結果に……。

彼には中国人留学生に会ったら「ウォ・ミンツー・ターシエ・シュエシャン」と挨拶するといいと教えられて、実際に何度かそう話しかけたのだが、伝わったためしはなく、いつも「なんだよ、この中国人は。明治大学を知らねえのかよ」とぼやくと、「おお、あなた、明治大学の学生ですか」と日本語で返されることが常であった。

カメラマンをめざしていた劉君だったが、やがて大手ホテルチェーンのスタッフとして雇われるようになる。日本人女性と結婚して男児をもうけたところまでは親しくしていたが、地方に転勤となってからは連絡が途絶えた。

お互い社会の底辺にいたから、あまり考えたことはなかったが、八〇年代の日本で生活していた中国人は、かなり閉塞感の漂う環境に身を置いていたのではないかと、今になって思ったりする。

昭和から平成、そして令和と時代が変わる中で、中国は日本にとって最大の貿易国となり、〝爆買い〟による経済効果をもたらすようになった。あれから四十年、劉君はどうしているのだろうか……。

ぎゃふんと言った日

編集能力というと一般の人は文章が書けて、写真が撮れて……と実務方面をイメージするのではないだろうか。私からいわせるとそれも大切なことだが、もっと大切なことは企画力。そのためには独自の人的ネットワークを作り、そして、どれだけそれを活用できるかが重要だと考えている。

二〇〇三年にクルーズマガジン「船の旅」の編集長職を拝命した私の最大の悩みはネットワークの構築であった。専門誌といわれる分野の本だけに、取材の対象となる会社や人も専門的（個性的）であった。一応、私はその業界で十年近くやってきたので、それなりのネットワークはあったが、逆に十年近くもやってきたから、そのネットワークは飽和状態でもあった。自分とは異なるネットワークを作れる人が必要で、そんな中で目をつけたのが旅行会社の女性スタッフTであった。Tは編集に関してはまったくの素人。だが、この人の人柄とパワーならまったく新しいネットワークを作れると確信していた。

「うちのスタッフとしてやってほしい」と頼んだのだが、最初はあっさり断られ、メキシコへ逃げられてしまった。半年後の帰国を待ち、再度アタック。そして、めでたくわがチームの一員となってもらったのである。

人を見る目がないことを自認している私ではあったがTだけは例外といえるだろう。個性派ぞろいの私のチームでめきめきと頭角を現す。もともと旅行業界にいたこともあり裏事情にも詳しい。われわれとは異なる次元のネットワークをもっていたのが本作りには大いに役に立った。

自由奔放、豪放磊落なTに私は〝オンナの欠片〟をまったく感じることがなく、ドンと男扱いができた。「嫁にいきてえ？　いけるわけないじゃん。だいたい似合わねえ」とセクハラまがいのことも言ってしまったが、当人は「ふん。いつかぎゃふんと言わせてやる」と根拠のない自信の目で私を睨むのであった。

新しいネットワークという意味では期待以上の働きを見せてくれたが、実務作業においては写真はそれなりに撮れたが、文章力はまったく向上することはなく（向上しようという努力もなく）、しまいには後輩スタッフに「あたしらは文章書けないんだから悩んだってしょうがない。チャッチャと書いて編集長に投げちゃえばいいんだよ」と良からぬアドバイスをするのだからたまったものではない。「ぎゃふん」と言いかけてしまった。

レギュラー誌「船の旅」以外に立ち上げたプレミアムムック「時間」シリーズはTの力がなければ実現することはなかっただろう。「ハワイ時間」「ドバイ時間」「上海時間」はTの剛腕で成し遂げたムックといえる。

Tを出版の世界に誘っておきながら、今度は私が逃げ出した。六種類の薬を飲まなければやっていけない体となり、大腸検査から悪化した肛門の痛みに耐えながら就労していたが、「船の旅」の収支改善の兆しが見えず、上司からのプレッシャーに耐えることは精神的に限界であった。

眉間の皺が深くなる私をTはあえて「肛門（黄門）様」と呼んで、気持ちを和ませようとしてくれた。だが、私は辞表を提出。会社側からは翻意を促されたが撤回する気持ちにはならなかった。この編集部をTに託して会社を去ることにした。

数カ月後、健康を取り戻した私はTと再会。このときは躊躇(ためら)いなく「ぎゃふん」と口にしてしまった。ご懐妊！　しかも、どうやらお相手と出会ったのは、私が苦悩していた頃ではないか。

さらに半年後に娘を出産。文章力のないTが考えた娘の名前の読みはなかなか意味深で良かったが、T曰く「読みはこれでいいんだけど、漢字がねぇ。なんか見繕ってくれない」。そんなこんなで初めて名づけ親（漢字だけですが）にもなった私だが、その子を抱き上げたときは、出来の悪い息子の子を抱いたような気持ちであった。

ブレーキを踏む人

私のカミさんは関西出身。ちょっぴり変わった感性の持ち主だ。

ずいぶん前からどうもおかしいなぁ〜と思っていたことがあった。カミさんの運転なのだが、道を譲ってくれた車があるときに、必ずブレーキを二回踏む。おかしいなぁ〜と思いつつ、大過なくやってこれたので、そのまま放っておいた。カミさんと茅ヶ崎方面へ出かけたある日、渋滞中の国道1号線になんとか入れてもらうと、またしてもブレーキをチョンチョンと二回踏む。車の流れが悪いのだから、そんなことをしたら危ないし、せっかく道を譲ってくれた後ろのドライバーが腹を立てるのではないかと心配になった。

「なんでブレーキを踏むの？」
「なんでって、エチケットやろ」
「へっ？」

なんのことはない。カミさんは道を譲ってくれた人にハザードランプをチカチカ点灯させて、謝意を表しているつもりだったのだ。

「あれは普通ハザードでやるものだよ」

「ハザードってなんやねん？」

「おいおい……」

カミさんはハザードランプを知らなかったのである。ドライバーが「ありがとう」の意味でライトを点滅させるのを、格好いいな～と思っていて、免許を取得して以来、謝意を表すときにブレーキを二回踏みつづけてきたということだった。

よくもまあ、これまでトラブルもなく運転しつづけてこられたものだ。

人の行動には意外な根拠があったりするもの。この世の常識は、結局は人それぞれなのである。

トラブルが起こらなければ、けっこう笑えることも、ままあるような気がする。

不名誉の負傷

十代最後から二十代のはじめにかけて私は心の平衡感覚を失い、かなり荒(すさ)んだ生活をしていた。今の温和な雰囲気など欠片もなく、なにせ街中だけではなく、電車の中でも肩がふれたふれないというレベルではなく目が合った合わないというだけで殴り合いをおっぱじめる、迷惑至極な若者であった。警察の厄介になったのも一度や二度ではない。しかし、年齢を重ねるとともに、自分の中にあった〝狂気〟は次第に鎮まり、普通のオッサンになったと思っていた。

これは五十代の頃の話。都内で営業まわりをして夕方から久しぶりに友人と新橋で飲んだ。良い気持ちで帰宅の途に着こうしてところ、駅前で茶髪ロン毛の兄ちゃんと肩がふれてしまった。

「●×□▲○+!」

その兄ちゃんがなにか喚(わめ)いている。齢のせいか、アルコールのためか聴力にも難が出はじめた私は「なんだぁ」と聞き返した。

「前見て歩けって言ってんだよ！」と兄ちゃんが凄んできた。

「おまえこそ、前見て歩け！」

「前見てたよ！」

「だったら、おまえがよけろ」

胸倉の掴み合いになっていた。繁華街で若者相手に喧嘩をするのもみっともないので、どうやって折り合いをつけようかと考えていたら、目の前で火花が飛んだ。鼻っ柱にガツンと衝撃。

兄ちゃんにしてみれば一撃必殺の頭突きだったのだろう。オッサンはその場に蹲り、鼻を押さえながら「ご免なさい」と言うとでも思っていたのだろう。しかし、その瞬間、オッサンはン十年前にタイムスリップしていた。兄ちゃんの脇腹に回し蹴りを喰らわせていた。だが、〝狂気〟は一瞬だけであった。さてさて、どうやって収拾しようか。

体力に任せて殴り合ったら、勝ち目はない。そこで、かつては天敵であった「警察」を利用させてもらうことにした。

「おい、警察呼ぼうか。先に手ぇ出したのはおまえだよな」

兄ちゃんには怯んだ様子はなく、オッサンを睨んだままであった。

「肩にちょいとふれただけで、ここまでやるか」

やはり無言。合わせた目を逸らそうという気配はない。こうなれば腹をくくるしかないか。

「おい、それともまた不意打ちの頭突きでもしてみるか。俺ぁ、そっちでもいいぜ」

するとオッサンのジャケットを掴み上げていた兄ちゃんの腕の力が抜けた。

「すいませんでした。ついカッときてしまって」

拍子抜けである。それならと兄ちゃんの胸倉から手を離した。

兄ちゃんは小走りで、その場を去っていった。

どうも鼻っ柱が疼くので、手で触ってみると指に血がベットリとついた。

その場では自分の顔を見られないのでどうなっているかわからないのだが、どうやら怪我したことは間違いない。なんだよ、こりゃあ、立派な傷害事件じゃないか。

そして、兄ちゃんが態度を翻した理由もわかったような気がした。オッサンの気迫に気圧されたわけではない。オッサンの目を睨んでいたのではなく、オッサンの鼻の傷の具合を量っていたのだ。そして、たしかに傷害事件になると踏んだから、謝ったのだろう。

　さてさて、困った。これでは家に帰ったらカミさんが心配する。さりとて転んだで済ませるのは難しい傷だ。だから、帰宅してすぐに正直に打ち明けた。

「あんた、いい齢してええ加減にしときや。今の若い子ぉはキレるとなにするかわからへんで」

　昔の若い子ぉにも言い得ている言葉で、こちらは苦笑いを浮かべるしかなかった。

　鏡で傷口を確認すると鼻っ柱が真横にスパッと切れていた。だが、傷は浅い。縫うほどのことはないだろうとカミさんに消毒してもらい、絆創膏を貼ってもらった。

「あんた、明日は亀田（興毅）にボコられた内藤（大助）みたいな顔になっとるで、きっと」

　数日前にボクシングの亀田興毅・内藤大助戦を見たカミさんはにんまり。この人は茶髪の兄ちゃんより遥かに手強い。

安物買い

生来のずぼらさでファッションにはまったく関心のない私だが、洗濯はわりと好きで趣味的に洗濯機を回し、洗い終えたらパンパンと皺(しわ)を伸ばして干している。子供の頃は母親が洗濯板でゴシゴシと衣類を揉んでいたが、今の時代は洗うのは機械。きれいになった衣類を干していくのはなんとなく気持ちが良くてストレスの解消にもなっているような気がする。干すところもいつかは機械がやるのだろうか(実際、乾燥機というものもあるし)。だが、私は干すところだけは自分でまっとうしていきたいと思っている。

さて、洗濯と衣類ということでは散々な経験がある。

もうずいぶん前のことだが、ベトナム・ホーチミンを取材したときのこと。あのときは出国前から体調不良もあり、頭がぼおっとしていて、着替えを忘れて出発してしまった。途中で着替えのことを思い出したのだが、まあ、現地調達でいいか、と。

ホーチミンに着いて取材の合間に市場で衣類を見てまわった。Tシャツが一着一ドル

（街ではベトナム通貨のドンよりもドルの方が一般的でした）。安いし、フランス統治時代の影響が濃いベトナムだけに実にファッショナブル。酷暑の国だから、すぐに汗臭くなるので、Ｔシャツを大人買いした。

市場の埃にまみれていたＴシャツなので、とりあえずホテルで洗濯。たったの一ドルという商品なので、多少は縮むだろうと覚悟して、Ｌサイズ（もちろん外国サイズなので、日本のＬサイズより大きいものです）を買ったのだが、一夜明けて驚いたのなんの。Ｔシャツはすべて子供サイズになっていたのだ。

見てくれは気にしない私ですが、さすがにヘソがこんにちはしてしまうパツパツのＴシャツ姿にはやりきれないやら情けないやら。

なるほど安いということは、それなりにリスクもあるのだと実体験で学んだ次第。最近よく耳にする「お値段以上」とはなかなか素晴らしいコピーだと感心する。

途中下車の理由

都内某所でタレントさんと飲んで、すっかりいい気分で帰宅の途に着いたときのハプニング。

その車中。吊り革につかまって体をゆらゆらさせている女性がいた。女性のお腹はぽっこり。

女性の前は三人掛けの優先席で、三人のサラリーマンが船を漕いでいた。

アルコールで気持ちが大きくなっていた私は三人のうちでいちばん若そうな二十代と思しきサラリーマンの肩をポンと叩いた。

サラリーマンは目を擦りながら「うん？　なにか」。

「妊婦さんがいますよ。席をお譲りいただけますか」とジェントルに物申したのに、返ってきた言葉は「どうぞ、どうぞ」ではなくて「なんで？」。

思わずカッときた私は「妊婦に席譲るのは当然だろう。そこ優先席だろうが」と声を荒げてしまい、緊迫する車内。

すると件の女性が恐る恐る私に告げたのである。「あのぉ、わたしのことですか?」

「ああ、気にしないでください。席譲ってもらいましょう」

「わたし、妊娠してませんから」

公序良俗の精神を完遂しようとする熱を充満させていた私だったが、いきなり頭から冷や水を浴びせられたようなもの。完全に酔いも覚めてしまった。

目の前のサラリーマンに「そうなんだって」と頭を掻きながら告げて、折よく着いた駅で下車(ホームで次の電車を待ちました)。

赤っ恥をかいた私だが、いちばん気の毒だったのは……。

思い込みは罪である。

不動産屋さんによろず相談

ある年の師走のこと。校了してから病院やら鍼灸院やらに通うとともに忘年会シーズンに突入して本業とは別に慌ただしい日々がつづいた。年賀状もそろそろ……と思いつつ、まったく手をつけられないでいた。

その日もテレビのアンテナの取付工事やら宅配便の受け取りやら、こちらがなにをするわけではないが、なんとなく気忙しい一日になりそうだった。校了後に楽しみにしていた茅ヶ崎・竜泉寺の湯での休養も延び延びになってしまっていた。

茅ヶ崎といえば、仕事で知り合ったライターさんの家業が茅ヶ崎の不動産屋さんで、いろいろと助けてもらったことがある。別に土地や建物の売買の相談をするわけではない。テレビアンテナに取り付けについての疑問やら、果ては茅ヶ崎のおいしいラーメン屋さんを聞いたりするのだが、ほぼ即答で返事が返ってくる。

最初のうちは「不動産屋さんに聞くことではないかもしれないけど……」と前置きをしていたのだが、最近はふだんの生活における些細な疑問も前置きなしで聞くようになってしまった。

以前、玄関のドアのカギが壊れたとき大変な思いをしたが、「そんなの簡単に処理できますよ」と淡々と言う。その頃に知り合いだったらどんなに良かったことか。

「暮らしに関わることはなんでも聞いてください」というから頼もしい限りである。

相談だけではなく町の情報（噂話を含め）が豊富なのも、私のような下世話な人間には魅力である。

そういえば都内に住んでいた頃は、近所の噂話は床屋さんで仕入れていた。床屋さんの情報網はすごいと関心したものである。不動産屋さんとの付き合いは皆無だったが、考えてみれば地域に根ざした不動産屋さんは床屋さん以上に情報の宝庫かもしれない。

なんだか世の中、退廃的な空気が蔓延しているように思えるが、元気な不動産屋さん（床屋さんでもいいのですが）がいると思うだけで、町の印象が変わるから不思議である。

回転寿司の功罪

子供の頃は父親がときどき仕事帰りにちょっと一杯のつもりで立ち寄ったのだろう寿司屋のみやげ「寿司折り」が楽しみだった。これがめちゃくちゃ美味しかった。握りたてでもないのに、どうしてあんなに美味しかったのか、今も不思議である。

子供の頃は「寿司」という言葉の響きだけでもご馳走だったような気がする。いや、ご馳走というよりは高級品、めったに口にすることはなかった。

今は、というとわりと口にする機会が多い。

といっても、行く店は決まっている。一位は「くら寿司」、二位は僅差で「スシロー」、三位はちょっと離れて「かっぱ寿司」、そして近所にオープンして利用頻度が急上昇中の「はま寿司」。そう、一皿百円が売りだった回転寿司チェーンである。

回転寿司チェーンだからと、ばかにしたものではない。あの味であの値段なら十分に見合っていると思う。あれは「寿司ではない」という通もいるだろう。たしかに酢飯にネタを乗せただけ、といえばそうである。

だが、高級品の寿司を大衆化させた功績は大きいと思う。

回転寿司といえば、なんとも複雑な心境になる思い出がある。「元禄寿司」しかなかった頃のことだ。

バイト先の先輩に連れられて元禄寿司に行ったのだが、そのシステムがよくわからなかった。なんとなく目の前に流れてくる寿司を取るのだということは理解できた。困ったのは食べたあと。皿が残ってしまうではないか。

子供の頃から出したものは片づけることと厳しく躾けられてきた私は、皿をベルトコンベアに戻していった。そのあとに起こった悲劇は容易に想像できるだろう。

本当に他意はなく良いことをしているつもりだった。それがまかりとおらない世の仕組みがあることを知ったのは回転寿司が初めてであった。

床屋にて

忘れられない床屋での出来事。

私のあとに高らかな笑い声を上げながら、第二の人生を謳歌しているふうの御仁が入ってきて、私の隣の席に案内されてきた。常連かと思ったのだが、さにあらず。

「初めてなんだけど、明るい雰囲気の店だね」と理髪師に話しかける。

理髪師はマスクをしていて目を細めながら「どうしますか？」。

「(菅原)文太みたいな角刈りにしてよ」

思わずふき出しそうになった。その御仁は頭頂部に髪はない。薄くなった裾の部分の髪を長めに伸ばしていて、まるで角野卓造のような頭なのである。

理髪師もやはり面喰ったようだが、平静を装うように「スポーツ刈りですね」と言う。

要は〝角刈り〟にはできないと暗に伝えたかったのだろう。

だが、御仁は「おお、それでいいよ。俺は髪が柔らかいから、立たないんだよ」

またしてもふき出しそうになる。髪が柔らかいとかではなく、そもそも立たせる髪がないだろう、と思っていたところ、

「これからの季節はバリカン刈りだね。暑くてかなわんからね」って、あなたの頭はすでに十分涼しげではないか。

よく喋る御仁で、いきなり理髪師に「あんた、間寛平に似てるね。よく言われるんじゃない？」。

初対面で寛平に似てると言われて嬉しい人は、まずいないだろう。理髪師は苦笑しながら「いえ」と答えた。しかし、鏡に写って見えた理髪師の顔は寛平にそっくりだから、こちらは笑いを堪えるのに必死であった。

しかも、御仁は「よく似てるよ。そういや、寛平は癌なんだってね。もうダメみたいじゃない」。

似せといて死なされたのではたまったものではない。が、理髪師は黙々とバリカンをあてていた。

「あんた、地元の人？」

「いえ」

「出身はどこよ？」

「群馬です」

「群馬か〜。なんもねえところだな。ガッハハ……」

まるで喧嘩を売っているようなのだが、どうも悪気があるようではなさそうだ。

どうやら歯に衣着せぬというか、思ったことが口から出てしまうタイプのよう。


おとなしくなったと思ったら、顔にタオルをのせられていた。

こちらはまだ調髪の段階で、いつの間にか追い抜かれてしまっていた。なにせ隣の理髪師の手の動きは早い。

こちらが顔にタオルをのせられる頃に、御仁の理髪作業は終了。

御仁は会計するカウンターで料金表を見ながら、

「あ、ここシニア割引があるんだ。あらら、先に言わないといけないんだ」

理髪師が「見ればわかりますよ」と冷ややかに返したのは、さんざっぱら言われ放題のオツリみたいなものだったのかもしれない。

鋸山で〝地獄のぞき〟

千葉県の新聞販売会社が読者サービスの一環ではじめたフリーペーパー「総国逍遥（ふさのくに）」の取材で千葉・南房総の鋸山を訪れたときのことだ。

事前に調べたところでは、この山は全体が日本寺という寺院の境内。なんでも十万余坪（三十三万平方メートル）の境内には十八勝、三十六景などといわれる名勝があるのだとか。参道は御影石で二千六百三十九段の石段があると知り、それなりの覚悟で鋸山を訪ねた。

しかし、途中までは車で上がれて駐車場もあったのである。〝それなりの覚悟〟はかなり緩んだまま鋸山山頂展望台の「地獄のぞき」をめざす。

徒歩で約一時間、ハイキングののりで辿り着いた「地獄のぞき」からは東京湾と対岸の三浦半島、さらに富士山まで拝めて「おお、絶景かな」と感嘆の声を上げたのだが、そのあとすぐに本当の〝地獄のぞき〟を体験することになる。

炎天下、汗がふき出していた。

汗腺の緩みとともに、ほかのところも緩んできた。お腹である。駐車場から「地獄のぞき」までの上り坂で私の脹脛(ふくらはぎ)はパンパンになってしまったのに、お腹はユルユル。頭からお湯のような汗がふき出しているのに、背中から氷のような冷たい汗がタラタラと流れはじめたのである。

しかし、そこは観光地、どこにでもお手洗いはあるだろうと、高を括っていた(鋸山には大仏広場という場所にしかお手洗いはありません。訪れる際はご注意を)。ところが歩けど歩けどお手洗いは見つからない。こうなりゃ、もとは野性児、得意の木陰で……という考えが頭をよぎるが、なにせ参道は急坂、道を踏み外せば真っ逆さまという崖ばかりである。そして「千五百羅漢」といわれるほど、石仏がそこかしこにあり、まさか観音様や羅漢に汚い尻を見せるわけにはいかないので、とにかく頑張った。熱い汗と、冷たい汗が入り混じり体はぐっしょり。ああ……うう……と遠のく意識、まさに〝地獄のぞき〟。

四、五十分も歩いただろうか。日本寺の大仏がある広場でお手洗いを発見した。大仏を見たときは「祓い給え、清め給え、導き給え」と祈るような気持ちであった。腹と膝を震わせながら大仏様のご尊顔を横目に一歩一歩そろそろと進む。

ようやくお手洗いに入るも、明るい空の下にいたものだから、室内が暗過ぎてなにも見えない。目を慣らすのに数十秒。それが永遠といえるほどの長さにも思えた。お腹は地獄のお釜のように煮えたぎっていた。

なんとかぎりぎりセーフで、洋式トイレの便座に座った。あとは至福の時間。うう……おお……と官能の声さえ上げてしまった。

〝地獄のぞき〟から〝極楽のぞき〟へ。苦行に耐えた者だけに許される悟りの境地に涙さえ流れそうになった。まさに開ウンであった。

抽選会での〝神の見えざる手〟

バブル期の忘年会はすごかった。テレビ局に出入りしていた記者時代のテレビ局の忘年会は電化製品だの海外旅行だの、とんでもない景品に度肝を抜かされたものである。そんな豪華景品は当たるべくして当たる人がいたこともバブルらしさだと思ったりした（ちなみに私は「世界ふしぎ発見！」賞として日立製のポータブルオーディオプレイヤーと、「日日是好日」の章の「フォアグラってレバーじゃん」で記したように「開高健のキャビア・キャビア・キャビア」賞としてキャビアの瓶詰十二個セットをゲットしたことがあります）。

バブルが弾けてからは世の中の忘年会も次第にスケールダウンしていったが、私のいた編集部では日頃お世話になっている皆さんへの感謝の気持ちを込めて、ささやかながら忘年会を催し、それなりの景品を用意して抽選会も行っていた。

そういえばこんなこともあった。

幹事の一人でもある私は景品集めに苦慮していた。

隣のデスクにいる新入社員の女性編集部員Uはノホホンとしたもの。年末ということで呑気にデスクまわりの整理などしていた。そして、某コンビニ特製のバーバリー風のマフラーをゴミ箱にポイッと捨てるから、「おいおい」となった。「なんで捨てるの、もったいない。きょう忘年会だぜ。捨てるなら景品にすればいいじゃないか」。かくして廃棄処分となるべきマフラーの運命はかわった。

「そんなのもらって嬉しい人なんているかしら」と言うUに、内心、「おいおい、おまえも幹事だろ。ちっとは景品集めも気にかけてほしいぜ」と思っていると、こちらの心を読んだのか、「あ！　あたしからも景品を出します!!　これ、いいでしょ」と差し出したのが洗面器サイズの大きな煎餅。Uの出身地の群馬の名産なのだそうだ。Uではないが、「こんなのもらいたいやつ、いるか～」と私。

さて、忘年会。幹事にも抽選会に参加する権利はあった。

予定以上の数の景品（それなりに豪華景品もありました）が集まったので、抽選会も二回行うことに。

一回目の抽選会で私がゲットしたのはコンビニ特製のバーバリー風マフラー、そして二回目の抽選会では醤油の匂いがぷんぷんとする大判煎餅。

まさに神の見えざる手。人生であれくらいおかしかったことはない（嬉しくはないけど）。しかし、二次会、三次会で酩酊する中、マフラーと煎餅は神隠しにあったように忽然と消えてしまったのである。マフラーも煎餅もぞんざいに扱われるのが嫌で自分たちを求めている人のところに旅立ったのだと思うことにした。

立派に育った友人の娘

現在は悩める女性の心を癒すヒーラーをしているYさんと出会ったのは、かれこれ三十年も前だろうか。その頃、Yさんは女性フリーライターとして活躍していた。

このYさんと女性カメラマンのAさん、そしてうちのカミさんは仲良しで、私も異様に盛り上がる女子会に特別参加させてもらったりした。

三軒茶屋に住んでいたYさんが私のいた杉並区方南町に引っ越してきた。その後、Yさんは女児Mちゃんを出産。近所だったので、私が湘南・大磯に引っ越しするまではMちゃんとはよく遊んだ（いや、遊んでもらったのかな？）。

ある日、Yさんとカミさんがカラオケに行きたいと言いはじめた。まだ赤ん坊だったMちゃんの鼓膜にはきつかろうということで、私がMちゃんを乳母車にのせて時間つぶしをすることになった。

そのとき「♪逃げたぁ、女房にゃあ、未練は、なあいぃが～」とか「♪しとしとぴっちゃん、しとぴっちゃん」などと歌いながら夕闇の街を散策していたら、中学生やら高校生の女子集団に取り囲まれて、「可愛い」からはじまり、「お母さん、いないんですか」「抱かせてください」となったのを鮮明に記憶している。その頃の私は見るからにみすぼらしく（ん、今も？）、愛らしい赤ん坊とのギャップが奇妙にウケたものであった。

当時、私の家には愛犬のルチル（チワワ）がいたのだが、これが恐ろしくヤキモチ気質。私がMちゃんを抱き上げようものなら、ギャンギャンと吠えまくる。あるときMちゃんを本気（マジ）噛みしたこともあり、Mちゃんは犬が苦手になってしまったようで、子供の心にトラウマをつくってしまったかと、申し訳なく思っていた。

大磯に越してからずいぶん経った頃、中学三年生となったMちゃんと再会した。そのときルチルの件を謝ったのだが、Mちゃんは「犬飼いたいんですよ。チワワがいい」と。実はルチルはその三年前に死んでいたのだが、良くも悪くもMちゃんの心の中に生きていることを実感して、なんだかそれがとても嬉しかった。

その後、Mちゃんには大学院生時代に私が編集長を務めていた雑誌の編集部でアルバイトをしてもらった。

あるとき、雑誌にミスが見つかり、どの段階で間違いが起きたのか調べるため、スタッフ全員に聞き取りをした。Mちゃんにも聞いたのだが「私が見たときは、そうはなっていませんでした」。

実はどの段階でミスが起きていたのかはだいたい察しがついていたので、Mちゃんがそう答えるだろうとはわかっていた。なので、さして気にもとめていなかった。

ところが翌日である。Mちゃんがやってきて「きのうはすみませんでした」と頭を下げるのである。

「どうしたの？」

「編集という仕事はチームプレーだと母から聞きました。間違いが起きたのであれば、それは私の責任でもあります」

目頭が熱くなった。世の中、責任逃れする大人たちばかりなのに、なんという謙虚さだ。Yさん、立派な娘によくぞ育て上げたものだ……。

Mちゃんは現在、公認心理士として働いている。

ん？　Yさんがヒーラー。似て非なる道を歩んでいるのが面白い。

カミさんのゴールド免許証

カミさんとは運転免許証の更新年が同じである。誕生日が近いため、一緒に地元警察署で更新手続きをすることが多い。何年か前の更新では二人とも無事故無違反だったので違反者講習もなく、ささっと手続きを済ますことができた。

私にとっては六年ぶりのゴールド免許で感慨もひとしおであった。なにせゴールドを失ったのがシートベルト未着用というどうでもいいような違反。三年後のゴールド復活のため安全運転を心がけてきたが、更新を目前にしてミニバイクが車の側面に飛び込んでくるという避けようもない事故により、ゴールドの夢は泡と消えたのである。

さて、カミさんはといえば、注意力散漫であまり運転には向いていない。助手席にいるときなどジェットコースターに乗るときに似た緊張感を味わう。いろいろあったのだが、この三年間は無事故無違反でついに人生初のゴールド免許に。彼女の感慨もひとしおであろう、と思っていた。

さて二人揃って新しい免許証を受領した日。

ゴールドの免許証を手に、私は凡夫の愉悦を味わうもカミさんの顔色はさえない。

帰りの車内で、カミさんがぽつりと言った。「やっぱり、甘うないわ。ゴールドとちごうたわ」

「なんで？　有効期限の帯のところ、今までと色が違うでしょ」

「あ、ほんまや。黄土色になっとるわ」

「それ、金色……のつもりなんだろうね。つまりゴールド免許」

「なんやねん、それ」とカミさんはさらに落胆する。

「なにか不満でも？」

「ゴールド免許いうから、全面バリバリの金色かと思うとったわ。アメックスのゴールドカードみたいなん」

思わず爆笑。笑い過ぎて、ハンドルを持つ手が震え……。あやうくゴールド免許証がふいになるところだった。

リズムで味わう

仕事柄、短歌や俳句に接する機会があるが、これが非常に難解だ。どうしても意味がわからないときがあるからだ。

たとえば有名な松尾芭蕉の俳句、

古池や蛙飛びこむ水の音

蛙が池に飛びこんでポチャ……だからなんだというのだ。

この「なんだ」を解消させてくれる文章を、宮本輝の小説「慈雨の音」で見つけた。朝鮮出身の人に和歌の意味を訊ねられた主人公のセリフだ。

「こういう和歌というのはのお、現代文に訳してしまうと味わいが失（の）うなってしもうて……。多少言葉の意味はわからんでも、なんちゅうかこの……、リズムで味おうちょくほうがええんじゃが」

なるほど「リズムで味わう」か。それは和歌ではなく、俳句にも通じるのかも。なるほどなるほど、「古池や」もリズムは良し。

もしかすると短歌とか俳句はリズムで遊ぶものなのか、と理解したとき、古典は面倒な学問ではなく趣味の世界なのかと、親近感を覚えるに至ったのである。

ぼろは着てても

一九七九年三月、高校卒業の翌日に着の身着のままで上京してきた私にはファッションはまったく関心がない。

♪ぼろは着てても　こころの錦……が信条であったが、さすがに天然のダメージアイテムでは乞食に間違われかねないので、数カ月に一度くらいは衣服を購入する。上京してすぐの頃の御用達となったのが、西早稲田のＵＳバンバンだった。ここはとにかく安い。そしてアメリカンな感じが良かった。今風にいえば〝アメカジ〟というやつだったのか？いやいやなんとなくギラついた、バッタもんが多かったような気がする。

まあ、なににせよ、ＵＳバンバンにはバンバンお世話になった。少し変わった形のものもあって友人から「それいいね。どこで買ったの？」と聞かれて、「ＵＳバンバン」と答えると、なぜか微妙な笑いを浮かべるやつもいたけど、もともと着るものは頓着しないので、その笑いの理由を詮索することもなかった。

しかし、四十代になって編集長職を拝命するようになると、そうもいかない。それ以前にクルーズマガジン「船の旅」の編集者であったからカジュアルだの、フォーマルだのドレスコードの勉強をしなくてはならないのが面倒であった。カミさんがクルーズ客船で働いていたので、大いに助けられている。

人って不思議だと思うようになったのは着るものに関心を持ちはじめてからだ。安いものを着ていてもなんだか高価そうに見える人と、どんなに高いものを着ていてもみすぼらしく見える人に大別されるのである。私などは典型的な後者の筆頭である。

御殿場のアウトレットの某アパレルショップでのこと。私はジャケットを探していた。あれやこれや試着をしていたところ、店員のお姉さんが「こちらのジャケットはいかがですか」と言って麻のジャケットを差し出してきた。「当店の人気商品です！」

私は思わず顔をしかめた。

「麻はだめなんだよね。着る人によってはすごく格好良くなるけど、オレが着ると貧乏くさくなるから」

店員のお姉さんは私の顔と体形をちらりと見ると「そうですね」と言ってジャケットを

さっさと下げてしまったのである。

私が「そうですかではなくて、そうですね、か」とぼやくと、店員のお姉さんは「あ、そんなことないですよ」と慌てふためくが、もはやあとの祭り。

無難な紺色のジャケットを買って店を出たのである。

御殿場のアウトレットはカミさんのお供でよく出かけるが、衣類はまったく買ったことがない。

現在の御用達はファッションセンターしまむらとタカハシである。

「船の旅」の編集者だった頃に買った英国王室御用達のオースチンリードのスーツはもったいなくて袖を通せないでいる。クローゼットの中で朽ちていく運命になってしまったのは着るとみすぼらしく見えるとかいうことではなくて、「もったいない」という単なる貧乏性のためである。

生誕の地

私の生誕地は埼玉県戸田市の川岸というところであったと母親から聞いた。四歳になる前に栃木県に転居してしまったので、その頃の記憶はまったくない。だが、半世紀以上生きてきて、どうにも自分の生まれた場所が気になり、一度この目で確かめてみたいと思うようになった。私は病院ではなく、自宅で生まれたのだという。その自宅のあった場所が文字通り、生誕地なのである。

そこで、今は千葉にいる兄のところで暮らしている母親に、無理に頼んで、その家のあった場所に案内してもらった。私は蒲鉾の板に「工藤尚廣生誕の地」と書き込み、それをその場所に立てようと、ひそかに目論んでいた。

さて、実際にその地を訪れると……。「無常」(この現象世界のすべてのものは生滅して、とどまることなく常に変移しているということ)を実感した。

とはいえ、本当に実感したのは母親のほうで(なにせ私にはその当時の記憶がないので)、まるで別の町を訪れたかのように驚いていた。記憶を探るのには、とっかかりになるものが必要な場合がある。そのとっかかりさえ見つからないのだ。

母親と二人で途方に暮れていると、ある古い家に行きあたった。私が「この家なんかは建ててから五十年以上は経っていそうだね」と言うと、母親の中でひらめくものがあったようだ。表札を見て、「ああ、ここは……」と記憶をたぐり寄せた。

その家は、なんと、兄の幼馴染みが住んでいた家だったのだ。かつて縁側のあったところは壁で閉ざされていたが、その縁側から庭に下り、家の境となる生け垣の隙間を抜けたところに、我が家はあったのだとか。と、すると、今は新しい家が建っているそこらあたりで、私はオギャーと産声を上げたことになる。

見知らぬ家の外にある電柱の裏の人目のつかない部分に、私は「工藤尚廣生誕の地」と書いた蒲鉾板をそっと置き、その場を立ち去った。その家の人には迷惑な話かもしれない。誰も気づかずゴミとして回収されなければ、蒲鉾板は犬のオシッコにまみれて朽ちていくだろう。まさに、「無常」だ。

帰路につき、母親はその頃の思い出話を堰(せき)を切ったように語った。その大半は兄がいかに腕白で大人たちを困らせていたかということだった。

記憶は薄れていくものだが、なくなるものではない、と思った。

異聞奇譚

人として六十年以上も生きていれば不思議な出来事のひとつやふたつは経験する。世界の総人口は八十億人にもなるのだから、超能力とやらを持っている特別な人がいたっておかしくはないだろう。私の体験した奇妙奇天烈な話をリストアップしてみた。そうしてみたら、あら不思議。怖くはないのだけれど、あらゆる事情には因果があると知れてくる。

平和荘の怪

もう四十年以上も前の話である。新潟から単身上京してきた私は新宿区西早稲田にあった「平和荘」という先の大戦以前に建てられたのではないかと思われるほど古い木造アパートに入居した。その平和荘で体験した恐怖の出来事である、

草木も眠る丑三つ刻。それはいつも突然やってくる。平和荘の二階の一室で眠っている私の頭の中で一階玄関の扉が開く気配が伝わる。そして何者かが玄関横の階段をすっすっと音もたてずに上がってくる。その光景が鮮明に頭の中に描かれるのである。何者かが階段にさしかかったところで、私の体がみるみるうちに硬直する。金縛りである。冷たい汗がドバっとふき出しはじめる。

階段を上がってきた何者かは私の部屋の前でいったん立ち止まる。薄いドアの向こうに何者かの気配がたしかにあった。そのまま通り過ぎてしまえと願うのだが、何者かはドアの向こう側でしばし動かない。恐怖をあおる絶妙の間がそこにはあった。願いも虚しく私

の部屋のドアがすっと開く。暗闇の中で浮かぶ白い影が三畳部屋に入ってきて、布団にくるまっている私の枕元に立つ。

「誰か、助けて」という声はあわあわとして闇の中に消えていくだけである。

この白い影はなにをするというわけではない。枕元に座るとじっと私の顔を見つづける。時間にすると数秒でもあり数分でもあるような感じ。体中の皮膚が粟立つ。「ううう……」と声にならない呻き(うめ)が喉からもれるだけであった。

私の顔を見ていた白い影は突然立ち上がると、私の胸に飛び込んでくる。心霊現象として、よく聞くようなゆっくりと体を合わせるとか、足を引っ張るとかいうものではなく、本当に飛び込む――ダイブするという感じで、私はその衝撃で上半身が跳(は)ね上がるのである。その瞬間、金縛りは解ける。冷たい汗でぐっしょりと濡れた下着が実に気持ち悪かった。

こういうことを何度も繰り返しているうちに私の中で「恐怖」が「憤怒」に変わっていった。

ある夜、いつものようにやってきたその白い影が私の顔を覗き込んでいるときに、無理やり金縛りを解いた。そして、「この野郎！　ぶっ殺すぞ!!」と声を上げた。実際には金縛りは完全には解けておらず「ほろはろう〜。ふっほろふほ〜」という情けない口調であった。しかも、白い影が幽霊だとしたら「ぶっ殺す」は脅し文句にはならなかったであろう。

それでも白い影は私の気迫に驚いたのか、いつものように私の胸に飛び込むことはなく、そのままかき消えてしまった。

以降、その白い影は二度と現れることはなかった。今考えてみると、その白い影はなにか害を及ぼしたわけではないので（金縛りによる疲労感以外は）、「憤怒」ではなく「融和」という方法もあったのかとも思う。そうすれば霊能者としての力を得ることができたのかな〜とも。

でも、やっぱりそれは無理。その後も金縛りは何度も体験したが（平和荘のときのように頻繁ではありませんが）、そのたびに「ほろはろう〜。ふっほろふほ〜」と声を上げてしまうのだから。

死臭

一九八一年に体験した怖い話。

現在、新宿区にある戸山公園（大久保地区）は当時、木造の都営住宅団地であった。恐ろしく古い木造平屋の戸建てが（おそらく戦後すぐに建てられたのだと思います）、あのあたり一帯を埋め尽くしていた。

その数年後、その団地は取り壊され、その跡地にマンション型の都営住宅、アーケード、そして公園ができたのである。

私はその頃、そのエリアの新聞配達をしていた。当初、戸建ての都営住宅団地には子供も多く、また近所付き合いも活発であったが、取り壊しが決まってからは一軒、また一軒と空き家が増えて、やがて物寂しい雰囲気に様変わりしていった。

一九八一年の夏、空き家が並ぶ中に新聞の配達先があり、その周辺で鼻が曲がるような悪臭が漂いはじめたのである。朝の清々（すがすが）しい空気の中で気持ち良く仕事をしていても、そこへくると吐き気がした。

どうもその家の近くの空き家に原因がありそうな気がした。

集金の際に、その家の奥さんに「このあたり、ものすごい臭いがしますね」と聞いたら、「あら、そうかしら？」とあっさりとした答え。どうも言い方がまずかったようで、「この家」が臭うと勘違いしたようでもあった。だが、その家の外はものすごい悪臭である。それに気がつかないで普通に生活できるものなのか。この奥さん、もしかして蓄膿症なのか？　もしかするとこっちの鼻がおかしくなったのかと思ったくらいである。

その家から少し離れた配達先の奥さんに、その話をしてみたら、今度は「そうなのよ。それで、警察にきてもらったんだけど、なにも見つからなかったのよ」と言う。警察が出動しても異常なしとは、やはりこっちの鼻が、その奥さんの鼻とともにいかれてしまったのか。

その夏は猛暑で臭いはますます強烈になり、新聞配達の途中で何度か嘔吐（おうと）した。まったく頭の芯まで痛くなるような強烈な臭いであった。

やがて秋になり、冬がきて——。

木造の都営住宅団地から人はいなくなり、空き家の取り壊しがはじまった。

ある日、テレビのニュースを見ていて驚いた。私の配達エリアが映し出されていた。空き家から白骨死体を発見！

やっぱり!!

私は死体が放置された場所に毎朝毎夕通っていたのである。全身の肌が粟立った。

その後、この白骨死体は心霊番組でも取り上げられた。霊媒師によると空き家に住みついたのは労務者で、秋田県横手市からきた男だということであった。

ありふれた日常の中において「死して屍拾うものなし」に遭遇した若き日。あの臭いを忘れることはないだろう。

海談

現在の私は湘南・大磯町の住人だが、育ちは裏日本（そういういい方、今はしないのでしたね）の小さな町。「荒波・日本海育ち」を自慢げに吹聴（ふいちょう）していた頃もあった（実は、生まれはまったく違い、海なし県でしたが……）。

夏といえばもちろん海水浴。夏休みは日本海で泳ぎまくっていたから、泳げといわれれば、今でもかなりいける自信はあるけれど、ある夏を境に海水浴はやめにした。

海で怖い思いをしたことが二回ある。一回目は日本海。調子に乗って沖へ、沖へ。なにせおつむの出来はあまり良くないけど、体力だけはまあまあ自信があった中学生の頃、いくらでも泳げるから楽しくて仕方がない。ところが、百メートルくらい沖に出たところで胸から下が凍りついてしまった。

海の表層はいわゆる夏の海という感じの程よい水温だったものが、突然、氷のような冷たい流れの中へ。その流れというのが、まるでゴーゴーと流れる急流のよう。体はどんどん流されていく。運が良かったのは、流れが陸から沖の方向ではなくて海岸に沿ったものであったこと。なんとかその流れを陸側に脱出して海岸に戻ることができたものの、真夏だというのに体温が奪われて、歯をガチガチと鳴らすばかりであった。

さて、二回目が相模湾。これはもう思い出すだけで身の毛がよだつ。もう二十年以上前になるが、泳ぐことには自信のある私は平塚市と大磯町の境を流れる花水川の河口付近の遊泳禁止エリアで海に入った。その頃は、編集者として不摂生な生活にどっぷりとつかっていたので、若かりし日のように百メートルも沖合に出る自信はなかったので、ほんの数十メートルのところでプカプカと浮かんでいたという感じであった。

往時の体力はなくても「荒波・日本海」に比べれば相模湾は子供のプールのようなものと余裕綽々（しゃくしゃく）のふり（実は夏の日本海は非常に穏やかなので本当はサーファーが集う相模湾のほうが波は高いのです）。ひとしきり海につかり、さあ戻ろうかと海岸へ泳ぎはじめた。ところがいくら泳いでも陸が近づかない。どころか、だんだん沖に流されている……。

焦りはつのるばかり。海の中でも冷や汗が流れるのがわかるほどであった。これはいかんなと思った瞬間、足首をなにかにつかまれた感じがした。それは、あの日本海の海流のような冷たさだった。しかし、それはあのときのような流れに入ったときのものとは違い、グイとつかまれた感じ。足が重くなり、体力は急激に失われていく。

つかんでいるものを振り切るように足をバタつかせるのだが、それは執拗に離れない。助けを呼ぼうにも、そこは遊泳禁止エリアなので誰もいない。このとき傍目（はため）から見たら間違いなく溺れているように見えただろう。

過去の記憶が走馬灯のようによぎる。これはもうお陀仏だなと諦めかけながら、大袈裟ではなく死を覚悟して残された力で最後の遊泳を試みることにした。そして、力は尽き……遠い海岸を恨めしそうに見つめていたら、つま先が海の底で微（かす）かに蹴ったものがあった。それは海の底の砂。その瞬間、足首の冷たさは消えたのである。

後日、知ったことだが、私の溺れかけたところは海の事故が多い場所であった（遊泳禁止エリアなのだから当たり前のことですが）。足首をつかんだものがなんであるのか……あまりに恐ろしいので考えることはやめにした。

今でも海は大好きで、ボートを浮かべて釣りを楽しんだり、南の島でダイビングもするけど、海水浴だけはしていない。いわんや遊泳禁止エリアでは絶対に泳がないと肝に銘じている。

斎藤茂吉逗留の宿

いつのことだったか正確には思い出せないが、おそらく一九九〇年代の中頃のことだと思う。

山形県新庄市のＪＲ駅からバスで約一時間。えっちらおっちらという感じでアクセスする最上郡大蔵山にある肘折温泉郷は、時のしじまの中に忘れ去られた古里という風情を漂わせていた。

肘折温泉郷は出羽三山の主峰・月山の麓、銅山川沿いにあり、開湯の歴史は八〇七年にまでさかのぼり、二〇〇七年には開湯千二百年を迎えている。「肘折」という名の由来には、肘を折った老僧がこの地のお湯に浸かったところ、たちまち傷が癒えたためとか。

この肘折温泉郷にある松井旅館で私は不思議な体験をした。

旅館で山菜や川魚料理に舌鼓をうった私と連れは、ふいに猛烈な睡魔に襲われた。まだ八時頃だった。二人は掛け布団の上で部屋の灯りを消す余裕もなく意識を失うように寝入ってしまった。

「！」と目が覚めたのは二人同時だった。思わず「しまった」という顔で目を見合わせた。時計を見ると一時。爆睡加減も半端ではなく、これはもう翌日の昼過ぎまで眠ってしまったのだと、お互いにそう思ったのである。

松井旅館の前には朝市が立つ。それを楽しみに、ここまでやってきたものを……と歯噛みするような気持ちでカーテンを開けると、外は真っ暗、漆黒の闇。

これは……と事態が飲み込めず、もう一度連れと顔を見合わせた。そして、お互いに考えついたのは「二十四時間眠っちまったか」ということだった。

よく考えてみれば（考えるまでもなく）、そんなことはありえない。そんなことになる前に宿の人が様子を見にくるからだ。

実際には数時間眠っただけだったのである。それを半日、そして一日も寝過ごしてしまったと錯覚したのはどういうわけなのか。短時間でも本当に深い深い眠りに落ちたためであることは間違いない。ただ、それだけ深い眠りに落ちていたのにもかかわらず、布団は子供が飛び跳ねて遊んだように乱れていたのが不思議であった。

明治のはじめ頃の内装を残す松井旅館は、古民家の佇まいを感じさせる。当然ながら私は「座敷わらし」を連想した。一人ならともかく二人そろってとは、これは化かされたな、と。

松井旅館は歌聖・斎藤茂吉の逗留の宿としても知られている。

あのときは二泊三日という短期間の滞在だったが、ああいう宿には長く滞在するべきで、それによって得たインスピレーションには畏怖すべき何者かの力が働いているような気がした。

超能力について

貴志祐介の小説「新世界にて」の舞台は千年後、登場人物は超能力者である。どんな超能力かといえばサイコキネシス（ＰＫ）、いわゆる念動力。懐かしい「バビル2世」を思い出してしまう。

このＰＫにより人を殺すこともできるのだが、人を殺した場合、自分の体が滅ぶという機構が体内（精神）に組み込まれているため、世界の平和が保たれるという設定。懐かしい「人造人間キカイダー」の良心回路を思い出してしまった。

さて、超能力について。

なにかの本で読んだのだが最終能力者はタイムトラベラーだということだ。邪悪なＰＫ能力者がいたとして、タイムトラベラーはその者の前では無力だが、時をかけることで逃走できるし、その者が生まれることを阻止することも可能だからだ。これは映画「ターミネーター」の世界である。

超能力ってほんとうにあるのだろうか？

テレビでしか知らないけど、木村藤子さんという霊能力者の力は本物だと思う。

かくいう私もおでこに一円玉を乗せて、そのまま頭をもたげて垂直状態を保ったことがある。そのくらい誰でもできると思うなかれ。一円玉一枚なら若い頃ならギラギラ脂性のオデコだったから、まるで接着剤で貼り付けたようにピタッときたが、そのときは一円玉を三枚重ねて成功させているのだ。

今でもできるか、というとすっかり脂も抜けてしまったので、一円玉一枚でも無理。すっかり凡人だ。

人を呪わば穴二つ

私は一九九七年から湘南・大磯町の住人となった。若い頃は、酒が好きだったし弱くもなかったので、都内での飲み会は断ったことはなかった。

ノストラダムスの予言が的中するかどうかが話題となっていた頃のこと。それまで通勤電車で酔いつぶれたことのなかった私だが、気がつくと小田原。ずいぶんと乗り過ごしてしまっていた。「ここはどこ？ わたしは誰？」というものを初めて体験した。

「やっちまったか」と思いながらも、「まあ、いっか」とまだ冷静に物事を考えられたものが、次の瞬間青ざめる。ない、ない……財布がない、定期入れもない、カードもない。やられた！

現金八万円をはじめ（いつも少額しか持たないのに、こんなときに限って）、定期代やら（半年分支給だったから金額がでかい！）なんやらで被害額は約三十万円。呆然とした。

その頃、私は人間の念についての著書にハマっていた。

人の懐を狙うような輩はぜったいに許さん、とその日から名前も顔も知らない窃盗犯の顔を想像して「手が折れろ！　指が捻じれろ!!」と念じつづけた。

これでも私はＵＦＯを二回も見たことがあるし（どうやら人工衛星のようですが）、三枚重ねた一円玉を頭を起こした状態のオデコに貼りつかせる奇跡を二回も成功させている。

「手が折れろ！　指が捻じれろ!!」と念じつづけること二カ月（しつこい）、ついにその成果があらわれはじめた。なんと私の右腕が痛くて、痺れて、ついには箸さえ持てないという状態になったのだ。「人を呪わば穴二つ」とはよく言ったものである（真相はいわゆる四十肩・五十肩というやつでした）。

人の念の恐ろしさを自らの体で体験した出来事だった。

寸借詐欺

心霊現象とか超常現象は怖いけれど、やはりいちばん恐しいのは生きている人間ではないかと思ったりする。

二〇〇五年夏のことである。

私の勤めていた出版社は築地にあったのだが、その近くの首都高に架かる千代橋を通りかかったとき、囁(ささや)きのような声を聞いた。

「すみません……」

行き過ぎようとしたのだが、なんだか気になって振り返ると誰もいない。いや、千代橋にはベンチがあり、日傘をさしたおばあさんが座っていた。炎天下である。どこか具合でも悪いのだろうか。

「どうかされましたか？　声かけられましたよね？」

おばあさんは俯(うつむ)いたまま「はい」と答える。「お願いがあるのです」

「はあ」

「お金を貸してくださいますか？　必ずお返ししますから」

「お金？　どうされたのですか？」

「実は青梅から東京見物に出てきたのですが、財布をなくしてしまいまして」

「だったら警察署に行きましょう。電車賃なら警察が貸してくれますよ」

おばさんは俯いたまま、かぶりをふる。「警察ならもう行ってきました。でも貸してくれませんでした」

「ひどいなあ。僕が話をつけますから一緒に行きましょう」

ところが、おばあさんは頑として動こうとしない。声色からすると、だいぶ参っているように思えた。

「それで、いくら貸してほしいのですか？」

このとき、はじめておばあさんは顔を上げた。気の弱そうな感じだが、品はいい。年齢は八十代だろう。

「五千円ほど」

「え!?　青梅まで五千円もかからないでしょう」

「お腹がすいているもので。財布をなくしてなにも食べていないのです」

気の毒だが財布をなくした責任は当人にある。ここで五千円は多すぎるだろう。そこで二千円を渡した。

「それだけあればなにか食べられるでしょ」

「ありがとうございます。お金は必ずお返ししますから」

おばあさんは紙切れを差し出し、連絡先を書いてほしいと言う。

「いいですよ。そのお金は差し上げます。それよりこんな炎天下でこんなところにいたら体がもたないですよ。早く帰ったほうがいい」

おばあさんはようやくベンチから腰を上げ、深々と頭を下げると東銀座駅方面へ去っていった。


その日はなんとなく善行を施したようで、良い気分であった。こういう気持ちを味わえるのなら二千円は安いと思ったくらいである。そういうことは自分の胸の内にとどめ、ニヤニヤしているくらいにしておけばいいのに、つい人に言いたくなる。それで同僚に話したところ——。

「あらら。やられたね。うちの会社でほかにもやられた人がいるみたいだぞ」

「えっ、やられた？」

「だから、それ詐欺だよ。電車賃貸してっていう寸借詐欺のババアがこの辺をうろついているみたいなんだ」

善意は踏みにじられたのである。

それから数日後、千代橋から百メートルほどしか離れていない新橋演舞場の前で、そのおばあさんを見かけた。

とっちめてやろうかと思う半面、そうでもしなければ食べていけない身上かと思うと哀れでもあった。

もういい齢である。こういう人にはそれに相応しい結末があるのだろう。

それにしても新橋演舞場で華やかな舞台を観る人たちに交じって寸借詐欺のおばあさんがいるとは……どちらも上品であるのに。魔訶可思議な社会の構図を垣間見たような気がした。見物代が二千円也！

伊藤玄二郎さんと般若心経

二〇〇九年のことである。鎌倉でタウン誌を出しているかまくら春秋社の代表を務める伊藤玄二郎さんから「般若心経は宗教ではない」と言われた。当時、伊藤さんは毎週土曜日に建長寺で「親と子の土曜朗読会」を開いていたが、その冒頭は般若心経を唱和し、五分間の座禅ではじまるのだとか。立派な仏教入門ではないかと思ったのだが、どうもそういうこととは違うような気もした。だが、そもそも般若心経がどういうものだか知らないので、それについての質問はしないでおいた。

般若心経のことなど忘れた頃、「般若心経の科学」という著書に接する機会があった。それによるとたしかに般若心経は宗教色が希薄である。むしろ科学的な解説が興味深かったのだが、やはり般若心経の知識がないものには難解であった。

そこでほかの般若心経の本をあさってみた。ところがほとんどが仏教入門のような趣旨で読み進むにつれ眠くなる。

ただ一冊、これはと思ったのが、ひろさちや著の「こだわりを捨てる　般若心経」であった。ひろ氏は宗教思想研究家なのだが宗教のプロ（お坊さんとか）の説を真っ向から否定するところがすごい。

「般若心経の科学」と「こだわりを捨てる　般若心経」はジャンルの異なる著書なのだが、なにか根底でつながっているような気がした（もちろん般若心経をテーマにしているのだから当然ですが）。

般若心経のポイントは「般若波羅蜜多」と「空」、そして最後に出てくる「羯諦　羯諦　波羅羯諦　波羅僧羯諦　菩提薩婆訶」という呪（しゅ）にあるようだ。その意味の捉え方で哲学書、思想書、科学書、オカルト……なんにでもなりうるのだろう。

ざっくり読んでわかったことは「知恵」（得にかかわるもの）とは違う「智慧」（徳にかかわるもの）を得ることで、別次元の人間になれる。「空」とはなにもないことだが、あらゆるものがあるということでもある（因と縁、果と報はあらゆるものにあるのだから。つまり無限大は零に等しい）。

伊藤さんが言いたかったことが、なんとなくわかったような気がする。

盲目の猫に見守られて

二〇〇九年に神奈川県医師会の会報に私の署名記事が掲載された。医師会報とはなんと場違いな、とは私本人が思うところでもある。ただ若き日から徹夜三昧の過酷なライター&編集業を営んできたため、その頃には体のあちこちに不具合が生じ、病院にはかなりお世話になっていた。

我が家にはチャチャという猫がいる。御年二十一歳、人間なら百寿である。チャチャはといえば拾ってきた頃は「余命一日」と診断もされたが、二〇〇九年の頃は私よりは遥かに健康状態は良好であった。

二〇〇九年に書いた私とチャチャの持病と不思議な関係について書いた原稿である。

なんとも間の悪い男である。高度経済成長期に育ちながらも、その波に乗り損ねた。学生時代は学費と生活費のため、バイトに明け暮れる毎日。テニスやスキーにいそしむ同級生を横目にこっちは「けっ、ボンクラ学生が」と負け惜しみの言葉を吐き、暗澹(あんたん)とした光

を目に宿した学生であった。お金がなくていちばん困ったのは病院へ行けなかったことである。幸い親から頑丈な体をもらったので大病を患ったことはないが、それでも手前勝手な自己診断では二十歳直後に風疹と、おたふく風邪にかかっている。どちらも四十度以上の熱を出したが、めでたく生還している。

せっかく苦学をして大学を卒業したのに就職はしなかった。学生時代に足を踏み入れたフリーランスの編集者の世界から抜けることができなくなっていた。やがてバブルの到来。金回りは嘘のように良くなったのだが、仕事のほうも嘘のように山積した。その嘘に体は騙されなかった。何度か軽く吐血。これまた手前勝手に胃潰瘍と自己診断を下した。こういうのは編集者の勲章みたいなものであるからと内心の不安を封じて、楽観に努めてきた。

三十四歳で就職をして、初めて健康診断を受けた。最初の検査でひっかかったのはやはり胃であった。晴れて胃潰瘍と診断され、なんだか一人前の編集者になったような気がした。

雑誌の収支改善に本腰を入れはじめた二年目。健康診断で間の悪い結果が出る。肺疾患の疑い。当初は「オレはよそから来た助っ人（中途採用）だから、新撰組の、それも沖田総司みたいなものかな。ゴホゴホ……」と悪ノリをしていた。ところが再検でもひっかかり、精密検査ということになった。担当した女医が妙な言い方で診断を下す。

「あら、あなた、まだ若いのに……」

「えっ？」

「う～ん。この陰影がね、気になるのよ。でも、今は医学が進歩してるから大丈夫よ。これくらいの大きさなら開かなくても手術できるから。ほら、管を通してやるやつ」

「手術って……もしかして癌ですか？」

「その可能性はあるわね。まだ若いのにね。でも手術するなら若くて体力があるときのほうがいいのよ。ほら、陰影はこんなに小さいし。早く見つかって良かったわね」

ずいぶんサラリと言ってくれる。女医の言葉は慰めにもならず、ひどく狼狽（ろうばい）した。

結局、陰影は小さすぎて癌とは断定できないため、時間をおいて再検査をすることになった。病院からの帰り道、緩慢（かんまん）に目に映る周囲の景色は次第に色を失った。体というよりも心が壊れていく感じであった。

数カ月毎の検査がつづいた。陰影の大きさに変化がなかったのである。半年後ぐらいの診断で女医がふたたびサラリと言ってくれた。

「あなた、結核だったんじゃない。若いから自然に治癒しちゃったのね、きっと」

それで視界は色を取り戻した。心配してくれた人たちの前で、「やっぱりオレは沖田総司だったんだよ。ゴホゴホ……」といきなり調子づいたのだが、周囲は白けきったものであった。

ところで、わが家にはチャチャという名の盲目の猫がいる。日がな一日、陽当たりの良い出窓で暢気に日向ぼっこをしているが、生まれてすぐに生死の境目をさまよっている。

八年前の夏、妻が近所の神社で拾ってきたときはガリガリに痩せた体に、左の眼球が大きく腫れ、逆に右目は小さく萎縮した、なんとも痛々しい姿であった。病院で蚤取り粉をかけると、小さな体からバラバラと十匹以上も蚤が落ちたそうである。俗に言うところの猫風邪にやられ、その影響らしいのだが、すでに両目とも視力を失っていた。獣医によれば「野良のままだとあと一日ももたなかった」とか。考えようによっては間の良い猫であるのかもしれない。

「この子は母猫から託されたのよ」と妻は言う。なんでも、道端にうずくまる子猫のそばには心配そうに見守る母猫がいたのだそうだ。

妻が子猫を見つけて近づくと、母猫はちょっと身構えて子猫を守ろうとしたが、妻の顔をじっと見ながら後退りした。その様子は「この子を助けてやってくださいって訴えているようだった」とか。

子猫は猫風邪、回虫、疥癬の治療がつづいた。症状はなかなか良くならない。野良猫暮らしは編集者よりも過酷のようだ。肥大化した左目は、その後も快復せず、当時かかっていた病院では「しばらく様子をみましょう」と一年以上そのままとなった。今でこそ、家の中ならどこでも平気で歩いているが、当時はイスの脚や家具の角に腫れた左目をぶつけ、血の涙をボタボタと流していた。

その後、別の病院の獣医に診てもらったところ、ひと目みるなりサラリと言ってくれた。

「いやあ、これはひどい。ずっと痛みがつづいてるはずだよ。とっちゃった方が、この子も楽になるよ」

それで眼球を摘出することにした。手術中、心臓が止まるといった危機があったが、チャチヤは無事に生還。その後は病気知らずで元気に過ごしている。

わが家は子供のいない家庭である。二年前、わが子のように思っていた愛犬を十歳で亡くし、妻は完全にペットロスに陥った。

妻の心の傷を癒すかのように、チャチャはそっと妻に寄り添うようになった。それは病気で死にかけていたわが子に寄り添い、なんとか救いたいと願っていた母猫の姿を彷彿(ほうふつ)とさせた。間の悪い男には出番などない。もちろん病院でも治せない妻のペットロスという心の病を癒したのは、チャチャであった。最近、アニマルセラピーが注目されているが、これもその験であるのかもしれない。

ところで、こっちは肺癌疑惑のあと、胃潰瘍で大量に出血して入院生活を送ったし、大腸癌の疑いで白衣の天使に汚い尻を晒すという恥ずかしい検査も受けるようになる。四十代も後半となると親からもらった頑丈な体はどこへやらである。病気のたびに肺癌疑惑のときのように視界の色を失っている。

二年前、会社を辞めてフリーランスの編集者に戻った。するとリーマンショックで景気は最悪に。相変わらずの間の悪さである。それでもなんとなく仕事は舞い込んでくる。仕事部屋で原稿を書いていると、ときどきチャチャがやってきて、足下でゴロリと横になる。

「おまえは暢気でいいな」

そう話しかけるとチャチャはそっと頭を上げて、はなから色を知らぬ目でこちらをじっと見つめる。どうやら、この間の悪い男の面倒もみてくれるつもりらしい。

「ねこ新聞」の軌跡と奇跡

私は二〇〇八年六月から二〇一〇年九月まで「aura（アウラ）」というフジテレビ発行のマーケティングレポート（冊子）で「逆風知らずの専門誌」「出版界・再生のロジック」という調査コラムのページを担当していた。両コラムとも出版不況の中で活路を見い出そうとする出版人の創意工夫と試行錯誤を紹介するものであった。

「逆風知らずの専門誌」の第三回（二〇〇八年八月）に登場していただいたのが、「ねこ新聞」の編集長・原口緑郎さんと副編集長の美智代夫人だった（当時）。

「ねこ新聞」は知る人ぞ知る〝猫魂〟のこもったタブロイド新聞。一九九四年に創刊。表紙を猫の「名画」と「名詩」で飾り、中面には著名人のエッセイや評論が掲載されている。私が取材した時点での寄稿者は松谷みよ子、吉本隆明、村松友視、村尾清一、安倍譲二、水谷八重子、岸田今日子、斉藤由貴、あさのあつこ、落合恵子、山田洋次……と錚々（そうそう）たる顔ぶれであった。

原口さんはもともと編集とはまったく縁のない仕事をされてきたが、「猫が好き、文学が好き」という理由だけで、この新聞を創刊。ところが、その一年後（一九九五年）に脳出血で倒れ、左半身麻痺の体となり、「ねこ新聞」は休刊を余儀なくされてしまった。

読者のエールもあり、原口さんは社会復帰のために尽力。原口さんにとっての社会復帰とは、すなわち「ねこ新聞」の復刊だった。脳出血の後遺症だけではなく、白内障や糖尿病と闘いながらの作業は、「激痛の走る動かぬ左半身をおし、神にも祈りながら右手一本で進めた」という凄まじいものであった。そして復帰・復刊の夢は二〇〇一年一月に果たされる。

取材当時、原口さん夫妻は口をそろえてこう言った。

「私たちがこれまでやってこれたのは〝猫の霊力〟のおかげなんです」

〝猫の霊力〟を感じさせる興味深いエピソードもうかがった。作家の半藤一利さんのファンであった原口さんは二〇〇五年に半藤さんへ執筆を依頼。半藤さんは快諾。その際、半藤さんから「うちの女房殿も物書きをしているので書かせてほしい」と頼まれたのである。原口さん夫妻は半藤さんの妻（半藤末利子）のことを知らなかったため、調べてみると夏目漱石の孫だということが判明。半藤さんの原稿を掲載した号の次の号では半藤さんが描き下ろした絵画入りで末利子夫人の原稿を掲載したのである。

またまた原口さん夫妻は口をそろえてこう言った。

「それが『吾輩は猫である』の名前のない猫の命日となる月だったのです。それも百年目にあたる年で。そんなことを意識していたわけではないのに……」

原口さん夫妻は、狐ではなく猫につままれたような気持ちを味わったそうだ。

ところで原口さん夫妻の取材時に我が家の猫チャチャのことをお話しすると「ぜひ掲載したい」ということになり、その年の暮れの「ねこ新聞」にチャチャは登場している。

猫にはたしかに不思議な力があるのかもしれない。我が家の猫の〝ラッキーマインド〟を信じて（つまり拾ってあげた恩返しというやつです）、「ここ掘れニャンニャン」という日をずっと待ちつづけている。

八百比丘尼伝説の源流を訪ねて

「八百比丘尼（はっぴゃくびくに）」のことを調べた時期がある。もちろん仕事がらみではあったが、手塚治虫の「火の鳥」や岡野玲子（夢枕獏原作）の「陰陽師」に登場するキャラクターとして気になっていたからだ。

八百比丘尼とは、八百歳まで生きたとされる戒律を受けた女性のこと。伝説上の人物である。

気になったのは、なぜ「八百」なのか。八百屋と縁があるのか？

私よりは博識のカミさんに聞くと「ま、漠然とやろな。〝八〟は縁起のええ数やろ。末広がりちゅうことは〝永遠〟ちゅうこととちゃうか」。

なるほど、と珍しく納得してしまった。

でも、「八」はなんで縁起がいいのか？　下に向かって開いているから、なんとなく間が抜けているように見えなくもないが……。

漢字というのだから本家・中国ではどうか？　「当たるも八卦」の「八卦」は古代中国から伝わる易における八つの基本図像なのだとか。面倒くさい解説ははしょるが、天地自然に象って作ったというのだから、とてもありがたいものなのに違いない。

現代の中国人も「八」が大好きなのだとか。それは「発財」（金持ちになる）の「発」と「八」の発音が似ているから。中国人は新年のあいさつで「恭喜発財」（儲けてなんぼやで）と使うというのだから、商魂の逞しさには恐れ入ってしまう。ちなみにちょっと古いが北京オリンピックの開催は二〇〇八年八月八日の午後八時と「八」づくし。

「八」といえば日本でも「八方塞がり」「八方美人」「八方睨み」などの言葉があるが、「八紘」（世界）につながり「あらゆる方角」を意味している。

仏教ではお釈迦様が亡くなり荼毘にふしたのち、遺骨（仏舎利）は八分されて八方に送り、祀ったのだとか。つまり仏舎利は〝四方八方〟にばらまかれたのである。八大菩薩、八大竜王、八功徳、八解脱など、仏教で「八」を多用しているのも、縁起の良い聖数となった一因なのかもしれない。

ところで「八百比丘尼」。この説明なら、さぞ縁起の良い女性と思われるかもしれないが、さにあらず。日本全国に残る「八百比丘尼伝説」だが、身近なところで千葉県松戸市にあると聞いて、実際に松戸を訪ねてみた。

松戸の上本郷、風早（かざはや）神社の付近に住んでいた百姓六人が長者に招かれた。長者は世にも珍しい料理でもてなそうと、苦心して手に入れた人魚の肉を食膳に据えることにした。使用人からそれを聞いた百姓たちは「人魚の肉を食べたら、竜神の祟（たた）りで村中が死に絶えてしまう。食べたふりだけしよう」ということにした。肉を食べずに持ち帰り、途中で捨てようと申し合わせたのだが、仲間の一人に耳の悪いものがいて話を聞きそびれてしまった。男は珍しい肉を家族に食べさせてやりたいと思い、肉を捨てずに、大切に持ち帰った。そして、留守番をしていた娘に食べさせた。それから以降、娘は齢をとることがなく、永遠の美少女のままであった。村人はそれを気味悪く思い、やがていたたまれなくなった娘は故郷を捨て、若狭国へ旅立つ。若狭国の山寺で尼となった娘は八百歳まで生きたという。

「八」という聖なる数に彩られながらも八百比丘尼の物語は悲哀に満ちている。風早神社の「風早」は、枕詞では、「愛するものと別れる」という意味があるそうだ。人魚の肉を食べた娘が、無限の別離を繰り返しつづけることを暗示しているようにも思えてくる。

現在の上本郷周辺は新しい住宅地が造成され、一見すると伝説とは無縁に思える。しかし、実は「上本郷の七不思議」なるものがあり、八百比丘尼の話のほかに、風早神社の大杉、斬られ地蔵、富士見の松、ゆるぎの松、官女の化けもの、二ツ井戸の伝説を今に残している。それぞれのエピソードについては割愛するが、「七不思議」なる伝説が生じたのには、この土地に特別な縁(えにし)があったがためと思われる。

縁というのは、決して偶然の産物ではない。その本質に通じるものあらば、すなわちなおざりにできぬ必然となる。そして、縁には浪漫があり、それを現(うつつ)とするには相応の時間を要した。それが八百年であったのだろうか。情報化社会には浪漫の欠片(かけら)もない。八百比丘尼の嘲笑(あざわら)いが聞こえてきそうだ。

愛犬ルチルとの思い出

六月三十日は愛娘の命日。

娘といっても人ではなく、犬のルチル（チワワ）。

ルチルは一九九六年十二月一日生まれ。都内のペットショップのバックヤードから出してもらったルチルは両の掌にすっぽりとおさまった小さな子犬だった。

湘南・大磯に引っ越したのはルチルの存在が大きかった。ペット禁止のアパートでこそこそ暮らすより、豊かな自然に囲まれた環境でのんびりとやっていきたいと思ったからである。

心臓疾患のため二〇〇六年夏に倒れ、医者からは年を越せないと診断された。それから何度も倒れたが、あの世からの生還は数知れない奇跡のチワワとなった。年を越してからは以前と変わらぬくらい元気になったのだが、それは一時的なものだった。二〇〇七年六月三十日に力尽き永眠。

その一カ月前に私は健康上の理由で勤めていた会社を辞めている。

都内にいる時間のほうが長かったものが、大磯中心の生活となり、ルチルとの最後の時間を過ごしたわけである。

ルチルの死はものすごいダメージだった。齢をとってヨボヨボになって死ぬのなら、まだ諦めもつくが、心臓以外はまったく悪いところがなかったルチルは毛並みもつやつやのままで、人生（犬生）をまっとうしたと思えなかった。

ルチルが死んでしばらくの間は不思議な現象がつづいた。

テレビのスイッチが勝手にオンオフを繰り返したり、「ルチルが帰ってきた」という二重の夢（ルチルが帰ってきた夢を見ていて、目が覚めると本当にルチルがいて喜んでいると、それも夢であったということ。やけにリアルな夢でした）や、ルチルがオモチャにしていたピンポン玉がどこからともなく転がってきてリビングの床の真ん中で渦を描きはじめたり……。

夢を見たのはちょうど四十九日（しじゅうくにち）で、ピンポン玉が出現したのはルチルの誕生日であったのは偶然だったのか。

亡くなってから十五年以上が経過するが、ルチルの思い出は消えそうもない。

桃李成蹊

「桃李成蹊」とは「徳がある人はなにも言わなくても、その徳を慕って自然に人々が集まってくるということのたとえ」である。テレビ情報誌、「船の旅」や「総国逍遥」で取材させてもらった方々の中には忘れられない人がいる。それが〝カリスマ〟というものなのだろうか。便利屋ライターのレベルでも真摯に向き合ってくれたカリスマたちのお話。

渡哲也という役者

私は荻原浩さんの小説のファンである。コピーライターをしていたせいかどうかはわからないが、荻原さんの文章は頭にすんなりと浸透してくる。映像化される作品が多いのも、それを所以（ゆえん）とするところが大きいのではないだろうか。

二〇〇五年に刊行された「さよならバースディ」の一節である。

片手を拳にして頬杖をついていた高杉聡子が、初めて口を開いた。

「突然で申しわけないと思っています」

冷たい口調ではなかった。かといって温かみもない、感情のこもっていない声だった。何か言葉を返そうとしたが、声が出なかった。ずっと見つめ返してくれていると思っていた高杉の目が、じつは自分を見ていないことに気づいたからだ。真の肩先の宙を眺めているまなざしだった。視線は確かに真に向けられているが、瞳の中に映ってはいないだろう。

主人公の真に向けられた聡子の視線……この件（くだり）を読むと私はストーリーの脈絡とは関係なく一九八七年六月にタイムスリップしてしまう。

まだ二十代の駆け出しフリー記者だった私はテレビ情報誌「ザテレビジョン」でインタビューページを担当することになった。対象は渡哲也さん。ハードボイルドでならしてきた渡さんがいわゆるホームドラマに主演するということで、その心境をうかがうのが目的であった。当時、私はアイドルの小泉今日子や中山美穂を相手にインタビューには慣れてきてはいたが、いや、それであるから逆に本格派の大物俳優へのインタビューにはかなり舞い上がっていた。インタビュー直前は心臓を鷲掴みにされた心境であった。

ところが、そんな私の緊張を和らげてくれたのは周囲の人間ではなく渡さん本人であった。

渡さんは私が待つ部屋に入ると「お待たせしました。渡です」と頭を下げ、握手を求めてきた。そして、「よろしくお願いします」と挨拶して、にこりとほほ笑む。強面（こわもて）の、あの「西部警察」の大門軍団の団長にほほ笑まれ、どういうわけか、こっちの緊張は一気に緩んでしまった。

渡さんはどう考えてもつまらないと思える私の質問にも嫌な顔をせず、しかも丁寧な言葉で返してくれた。ホームドラマ主演ということで「役づくりは？」ということを聞いたが（こういう質問がいちばん陳腐なのです）、「自分は不器用なもので……」「いえ、自分は大根役者なものですから……」と答えるのだが、それを聞き手である私の目を見つめながら真摯に語るのだから、これは記事になりにくいと思いながらも、〝良い記事を書いてやるぞ〟という気持ちが高まっていった。


さて、一九八七年当時である。インタビューの最後の質問は決まっている。

「石原裕次郎さんの容態はいかがですか？」

「石原は元気です。まもなく復帰しますよ」

「それは楽しみですね」

この一連のやりとりが三十年以上も経つのに忘れられない。

「さよならバースディ」の一節——ずっと見つめ返してくれていると思っていた高杉の目が、じつは自分を見ていないことに気づいたからだ。真の肩先の宙を眺めているまなざしだった。視線は確かに真に向けられているが、瞳の中に映ってはいないだろう。

それを実感したのは一カ月後であった。

駆け出しながら会心の記事が書けたと今でも自負している。書き直し率の高かった私だったが、そのときだけは鬼のデスク、悪魔の編集長のチェックをすんなりクリアして、その記事の掲載された「ザテレビジョン」は書店に並んだ。

数週間後、鬼と悪魔に罵声を浴びせられる。七月十七日、石原裕次郎死去。「なにやっとんのや、おまえは！」

いちばん驚いたのは私である。なにが「石原は元気です」だ。「まもなく復帰」ではなくて「まもなく亡くなった」ではないか。私の記事は数週間で信用を失ったのである。だが、このとき以来、私は渡さんを大好きになってしまった。渡さんはもちろん石原さんの容態を知っていたはずだ。それを隠すために装っていた（演じていた）のだ。まんまと騙（だま）された私が聞き手として未熟だったのだと反省もした。あの質問のときの渡さんは〝宙を眺めているまなざし〟であったことに気づいていたのに。

渡さんは不器用でも大根でもなく〝本物の役者〟だと知ったことが嬉しくてしかたなかった。

坂本金八という教師

学園ドラマの金字塔といえば、やはり「3年B組金八先生」だろうか（異論はあると思いますが）。なにせ一九七九年にスタート、二〇一一年まで断続的に放送された人気シリーズである。

私にとって「金八」といえば第一、第二シリーズは生徒たちの目線で楽しめたテレビの中でのお話。なにせ生徒役の杉田かおるや鶴見辰吾、直江喜一や沖田浩之は同世代であったから共鳴するところも多かったように思う。しかし、一九八八年の第三シリーズとなると視聴者ではいられなくなっていた。その頃の私はテレビ情報誌の記者で、武田鉄矢さんにインタビューをしている。

その頃の私のルーティンといえば昼間はテレビ局で情報を集めるとともに、インタビューなどの仕事をして、夜は原稿書きをしていた。インタビューは基本的に指定された時間と場所になってしまう。当時は夕方から出勤するデスクが書き上げた原稿の書き直しを平気で命じたりするので、徹夜になることが多かった。インタビューの時間が午後になるとありがたいのだが、そんなに都合よく事はまわらない。武田鉄矢さんのインタビューで指定されたのは朝イチの荒川の土手であった。

　徹夜明けで武田鉄矢さんにインタビューをして、写真撮影も終わり、さて帰ろうとしたら、武田鉄矢さんに呼び止められてしまった。

「キミ、ちゃんと朝飯は食べてきたのか」

「いえ……」

「だめだよ、キミ。朝飯食べなきゃ。だから顔色が悪いんだ。それじゃあ、いい仕事ができるわけない！」

　それから延々、インタビュー時間よりも長い説教がつづいた。

「金八」第三シリーズは「食育」もテーマのひとつだった。あのときの武田鉄矢さんには完全に〝金八〟が憑依していた。インタビューした相手は武田鉄矢さんではなく、坂本金八だと気づかされた。

　なるほど、私も３Ｂの生徒の一人かもしれないと思ったりする。

「船の旅」と内田康夫さんの「不思議航海」

東京ニュース通信社で「船の旅」というクルーズ雑誌に関わったのは一九九一年からだ。最初はフリーライターとして仕事をいただいた。これはもう世界中の豪華客船に乗れるのだと喜び勇んだものだが、私への依頼は乗船リポートではなく、クルーズ市場の動向を探るような堅苦しい取材ばかり。だが、乗船リポートをやりたがるライターはたくさんいたが（「マッコの知らない世界」でマッコ・デラックスにいじられている上田寿美子さんもその一人）、船会社や旅行会社に潜入取材するライターは私だけであった。やがて広告やパンフレット制作のお手伝いもするようになり、クルーズ業界でそこそこ名前が浸透すると会社もほっておけなくなったのだろう。一九九四年五月、「船の旅」の版元、東京ニュース通信社は私を嘱託社員として採用。私にとっては最初で最後のサラリーマン生活がはじまったのである。

私は「船の旅」という赤字媒体の黒字転換を自らの使命として編集業に勤しんだ。それなりにというか、吐血して緊急入院するほど働いた。その努力が認められたのか、二〇〇三年二月に正社員に登用され編集長職を拝命。

二〇〇七年五月まで「船の旅」の歴代編集長では最長任期を務めたが、ついに黒字転換を達成することはできなかった。黒字転換のために雇われた中途採用者である。そのままいられるわけもなく私は約十年間のサラリーマン生活に終止符を打つことにした。

そんな経緯はどうでもいいのだが、私が「船の旅」の誌面刷新でもっとも重要視したのは雑誌のメジャー化。専門誌を脱却した〝クルーズマガジン〟という旅行誌をめざそうと努めた。手っ取り早く成し遂げるには著名人を船に乗せて、誌面に載せること。

連載陣にはアグネス・チャン、内田康夫、橋田壽賀子を迎えることができた。またわれわれの世代が憧れた仁科亜季子さん、今や鉄道旅の鬼軍曹として知られる村井美樹さんに豪華客船での旅を楽しんでいただいた。

浅見光彦シリーズで知られるベストセラー作家・内田康夫さんを執筆陣として射止めたことは忘れられない思い出である。

実はなんの面識もないまま、軽井沢の浅見光彦倶楽部に単身で乗り込んだのである。

東京ニュース通信社というマイナーな出版社の、しかも「船の旅」という超マイナーな雑誌の編集者など会ってもらえるとは夢にも思っていなかった。担当マネジャーと名刺交換ができれば御の字。それくらいのつもりだったが、運良く内田さん本人と面会することが叶ったのである。こちらは緊張しまくったまま、「ぜひ弊誌でエッセイを……」としどろもどろにお願いすると、内田さんは「おたくは専門誌？」と訊く。

「いえいえ、（専門誌から抜け出そうとしている）旅行誌です！」と答えると、「それならやりましょう」とすんなり引き受けてくれたのである。

「船の旅」で二〇〇二年二月号からスタートした連載「内田康夫の不思議航海」は私の編集長任期を越えて継続された。二〇〇五年八月号までの原稿は当時、豪華客船で世界を三周していた内田さんと奥様の早坂真紀さんのルポを加えて「不思議航海（ミステリークルーズ）」という題号で書籍化されている。

これがバカ売れ……とはならず、「僕のエッセイ集はそんなに売れないよ」という内田さんの言葉どおりの結果に終わった。「不思議航海」を売りまくって、「船の旅」の収支改善を目論んでいたものの見事に空振りしてしまったのだが、さりとて航海、ではなく後悔することはなかった。

「不思議航海」は私が手がけた書籍の中ではもっとも思い出が深い。ミステリー作家の内田さんの本らしく、「こう読ませるか」「こう見せるか」というトリックを仕掛けたつもりだ。

内田康夫さんと奥様の早坂真紀さんとは担当編集者時代に軽井沢の浅見光彦倶楽部や飛鳥やぱしふぃっくびぃなすの船内で何度もお会いした。内田さんにはジェントルマンというイメージしかない。そして元気な姿しか見たことがなかった。

二〇一八年三月十三日、敗血症のため逝去。とうに担当は外れていたが信じがたい出来事でショックも大きく呆然とした。私の頭の中では今でも内田さんは真紀夫人とともに船旅をつづけている。

内田康夫さんのひらめきを探って

私はかつて千葉県市原市の新聞販売会社が読者向けサービスとして発行していたフリーペーパー「総国逍遥（ふさのくに）」の発行・編集人を請け負っていた。「総国逍遥」は千葉県に根づいている文学者や小説家の足跡をルポした文学通信紙であった。二〇一〇年七月から始めた月刊紙であったが、諸事情により二〇一三年二月で休刊となった。

記念すべき「総国逍遥」第一号で扱ったのが鴨川市の仁右衛門島であった。なぜここにしたかというと、内田康夫さんの担当編集者だったことが影響している。内田さんの著した「贄門島」は仁右衛門島がモデルである。内田さんのミステリー作家としての発想の源泉を知りたくて仁右衛門島へ。「総国逍遥」に掲載した記事をそのまま紹介する。

◇

夏といえば海。そして文学的にはミステリーか。

「総国逍遥」最初の訪問先として、ふと浮かんだのが鴨川市の「仁右衛門島」というのはミステリーといえばミステリー。なにせ、この島についての予備知識は皆無なのだから。

筆者にとっては千葉の島といえば、なによりも「贄門島」が馴染んでいる。ところがそんな島は千葉にはない。それもそのはず、「贄門島」はミステリー作家・内田康夫氏の想像の産物である。ある雑誌で内田氏の担当編集者だった筆者は、好きも嫌いもなく「贄門島」には目を通す義務があり、それをきっかけに「贄門島」のモデルとなった「仁右衛門島」への興味がむくむくと膨らんでいったのである。

ベストセラー作家が著した推理小説の舞台なだけに、その反響も大きかろう、と思いつつ訪ねた仁右衛門島であったが、そこには浅見光彦の「あ」もなく、波静かな浅瀬を茫然と見るだけ。渡船乗り場のスタッフに「ここが『贄門島』のモデルになった島ですよね」と確認すると「そういや、そんなことがあったかな」とのんびりしたものであった。

この仁右衛門島。完全な私有地、ではなく私有島である。なんでも、源頼朝が石橋山の戦いに敗れ、伊豆の真鶴岬から海路、この地に逃げ延びたのだとか。頼朝をかくまった仁右衛門は平野という姓を与えられ、この島の領有権を末代まで保証され、現在に至っている。平野仁右衛門さんの名前は現在も受け継がれ、三十八代目がこの島を所有している。

鎌倉幕府は遥か昔。それであるのに、個人が島を所有するという奇跡。内田氏の「贄門島」にはそのあたりの事情も詳しく綴られている。

あいにくの梅雨空でこの日は観光客の姿はほとんどなかった。舟で仁右衛門島にわたり島内を散策。島の名所はガイドブックやインターネットに任せるとして、筆者が気になったのは島の食堂に展示されていた写真。うら若き森繁久彌とフランキー堺の2ショットであった。

食堂で働く人に「なんていぅ映画のロケだったのでしょぅ？」と訊くと、「古すぎてわからんわ」と渡船乗り場と同じような反応であった。それならと早速スマートフォンで調べてみると、「グラマ島の誘惑」（一九五九年）という映画ではないかという結論に至った。日本映画界で〝幻の巨匠〟と評価される川島雄三の作品である。島の対岸にある旅館に立ち寄り、女将に訊くと「『アンタハン島』をモデルにした映画で、そのときは五十人以上のスタッフが来て、お祭り騒ぎでしたよ」とか。

「アンタハン島」とは戦時中に南海の孤島に取り残された日本人のサバイバル記。川島はそれをベースに皇室批判を盛り込んだコメディーに仕立てている。ん？　皇室批判――。

仁右衛門島には今上天皇が学習院在学中に島を訪れた記念碑がある。この日、出会った人はその時期を正確に記憶している人がいなかったのだが、おそらく一九五五年頃と推察できる。川島監督はシニカルな人だったそうだ。この島をロケ地に選んだのは、そういう経緯があったためか？

仁右衛門島は不思議な島である。上陸するといろいろなインスピレーションがわいてくる（筆者のような下世話な人間には妄想というべきだろうが）。

「贅門島」執筆には興味深いエピソードがある。内田氏が「ニエモン」という言葉を反芻していたら、突然「贅門」の文字を連想して、「贅門島」の風景が脳裏のスクリーンに広がったのだとか。内田氏はプロットを必要としない稀有な作家である。インスピレーションがあれば勝手に筆が進む。

「もうすぐ海水浴客で大賑わいですわ」と旅館の女将は言う。それも良いだろう。しかし、海を目当てでなく、インスピレーションを求める旅の目的地として、仁右衛門島はありだ。そう確信させたのも、まさにひらめきであった。

旅行記者四十年の木村小左郎さんと訪ねた長塚節の生家

千葉県に根づいている文学者や小説家の足跡をルポした文学通信紙としてはじめた「総国逍遥」だが、二〇一〇年十二月号では「総国」というタイトルに反する掟破りを自ら行い、ユニコ舎刊の俳句漫遊紀行「五七五の随想録」の著者の木村小左郎さんとともに常総（茨城県）を訪れた。その際の記事を紹介する。

今回の「総国逍遥」は反則かもしれない。訪ねた地が常総市。茨城県である。だが、〝常総〟とは常陸と上総のこと。「総国」とは血の濃い親戚という手前勝手な論理で「ま、いっか」とした。「ま、いっか」にはもうひとつ根拠がある。目的地は長塚節（たかし）の生家。長塚は総国を代表する歌人・伊藤左千夫と同じ正岡子規門下。ともに「アララギ」の創刊に深く関わっている。

恥ずかしながら短歌など中・高校生の頃の国語か古典の授業で得た拙い（つたない）知識しかないため、今回の取材には小紙で俳句紀行を書いていただいている木村小左郎氏に同行してもらった。木村氏には「俳句と短歌は血の濃い親戚のようなもの」と言って同行を依頼。木村氏は「こいつだきゃ、なんもわかってねえ」というような目を向けながらも、同行を了承してくれた。

長塚節は歌人としてだけではなく小説家としても知られる。代表作「土」は農民文学の傑作とされている。だが、「土」は筆者のような凡人が読むには非常に困難だ。夏目漱石でさえ「『土』を読むものは、きっと自分を泥の中を引き摺られるような気がするだろう。余もそう云う感じがした。或る者は何故長塚君はこんな読みづらいものを書いたのだと疑がうかも知れない」と評しているのだ。しかし、凡人には凡人の読み方というものがある。正岡子規の正当な後継者とされる長塚の写実描写は物語性を凌駕（りょうが）するほど読みごたえがある。

――秋も朝は冷かになった。稲の穂は北が吹けば南へ向いたり、南が吹けば北へ向いたりしてその重そうな音を止まず動かしてはさらさらと寂しく笑いはじめた。強い秋の雨が一夜ざあざあと降った。次の日には空は些の微粒物も止めないといったように凄い程晴れて、山もめっきり近く成っていた。（「土」から抜粋）

取材はちょうど稲刈りの季節であった。「めっきり近く成っていた」山とは筑波山のことだろう。一九一〇年、ちょうど百年前のこの地の光景が長塚の文章からありありと浮かんでくる。まさに長塚の鋭い感性と表現力が成せる業だ。

「土」は明治期の小作人家族の物語。漱石は「教育もなければ品格もなければ、ただ土の上に生み付けられて、土と共に成長した蛆同然に憐れな百姓の生活である」と紹介している。だが、長塚はこの地方に根ざした豪族の末裔で、多数の小作人を使う豪農の家で育っている。裕福な環境で育った長塚が小作人の生活に目を向けたのは明治期における大きな社会の変化を想像させる。

さて、長塚節の生家だが、築二百年。茨城県史蹟指定文化財となっている。今は住む者はいないのだが、長塚節の姪御さんとそのご主人が休日に都内からやってきて家の手入れをしている。取材当日、そのご夫婦がたまたま滞在していて、興味深い話をうかがうことができた。

「実は終戦後、この家は壊すはずだったんですよ。それが新聞に載ったら反響が大きくて。作家・長塚節の名声を惜しんだということでしょうか」

姪御さんとご主人は九十歳を越えている。節との縁で女流作家の吉屋信子に会ったことや、藤沢周平が「白き瓶―小説長塚節」執筆のため訪ねてきたときのことを懐かしげ話してくれた。ご主人は「これから門の修繕ですわ」と言うと大きな槌（つち）を手に九十歳とは思えぬ軽やかな足取りで秋めいてきた庭へ下りていった。

突然、長塚が憑依したように頭に浮かんだ一首――。

常総の秋にとけこむ節の家
遠く聞こえる水のきぬずれ

木村氏は「こいつだきゃ」と顔をしかめた。ま、いっか。

杉浦日向子さんと千葉・佐倉の江戸文化

「総国逍遥」からもうひとつ、思い出深い原稿を紹介しよう。

二〇一一年三月号。ここでは一九九七年の春、豪華客船にっぽん丸のバーで相席した杉浦日向子さんとのエピソードから始まる。

一九九七年の春、いわゆる豪華客船での旅先。バーのカウンターに、ひとりの女性がいた。ちょうどアフターディナー。乗船客はショーやダンスを楽しむ時間なのでバーは閑散としていた。ダウンライトの淡い光が彼女の輪郭を浮き立たせていた。ほっそりとした腕をカウンターに預け、グラスを傾けている。彼女の目の前にあるのは日本酒であった。
「お隣、よろしいですか」と声をかけると、彼女はにっこりとほほ笑んだ。しばし言葉を交わしたが、どういうわけか素性を尋ねるのがはばかられる雰囲気。しかし、息を吹きかければ飛んでしまうタンポポの綿毛のような人であった。こちらもほろ酔い加減となった程良いタイミングで去って行く彼女の後ろ姿に、粋な女性だと感じ入ってしまった。

彼女が江戸風俗研究家の杉浦日向子さんであったことを知ったのは、ずいぶん経ってからである。またいつか船上でお会いできるだろうというのは虚しい予感になった。その頃、杉浦さんはすでに病魔に侵され、二〇〇五年には不帰の人となる。杉浦さんは江戸暮らしについて、「生国や来歴を問うてはならないというルールがある」と言っていたそうだが、最初で最後の邂逅の印象は、なるほどと頷けるのである。

池波正太郎や藤沢周平の時代小説は面白いが、その舞台となる〝時代〟はそこはかとない。京都・太秦映画村には何度か行ったが、あれは上っ面だけ。江戸の生活のにおいがまったくしない。本家・東京ももはや江戸情緒なるものは皆無に等しい。

失われた〝江戸〟を求めて、初めて香取市佐原を訪ねた。さほど期待していたわけではない。しかし、そこは時代小説の舞台がくっきりと浮き彫りにされる町であった。

佐原は江戸期から利根川水運を利用する商業の町として栄えた。しかし、近代以降の物流の変化で時代から取り残される。まさに〝忘れ去られた町〟なのである。町中を流れる利根川支流の小野川沿いには古い商家が建ち並んでいる。一九九六年には関東で初めて「重要伝統的建造物群保存地区」に選定された。

今回の取材ではNPO法人「小野川と佐原の町並みを考える会」でボランティアガイド

をしている吉田昌司さんのお世話になった。吉田さんは町の表層だけではなく一見（いちげん）の観光客なら見逃してしまうだろう福新呉服店（明治二十五年建築）や正上（天保三年建築）の屋内まで案内してくれた。そこには〝忘れ去られた町〟だからこその意匠があった。

案内を終えた吉田さんは「今日は私があなたをガイドしました。これであなたはこの町を知りました。次はあなたがこの町を知らない人を案内してあげてください」と、にこやかな笑顔を残して去っていった。吉田さんは千葉でいちばん最初にボランティアガイドを始めた人なのだとか。御年八十六歳。吉田さんの笑顔が、ふと杉浦さんの微笑と重なった。生前、杉浦さんは「幕府はたびたび禁止令を出して、贅沢をストップさせましたが、それでも、人々はめげずにあれこれ頭を働かせて、暮らしを楽しみました。いかに人々が自分の個性を発揮したらいいか創意工夫していたことがわかります。人まねが嫌いで、人をうらやましがらない。いい意味で個人主義が根づいていたからこそ、『粋』の美学が生まれました。江戸は大人の時代だと思います」と語っている。去っていく吉田さんの背中あたりに漂う江戸っ子の気質。その足取りはタンポポの綿毛のように軽やかであった。

二階堂正宏という漫画家

鎌倉に住む漫画家の二階堂正宏さんを取材したのは二〇〇九年のこと。

二階堂さんは「極楽町一丁目シリーズ」「ムーさん」「鬼平生半可帳」などの代表作があり、「極楽町一丁目」は取材した前年にベッキーと室井滋の共演でドラマ化されていた。

二階堂さんは当時、十八歳になる高齢猫のチャ（茶色だからチャと名づけたということです）を飼っていた。

チャはやがて逝ってしまう。二階堂さんはそれを覚悟している。いちばん悲しむのは二階堂夫人であることもわかっている。だから、本当は今のうちに新しい家族を迎えたい気持ちはあるのだが、そうもいかない。

「自分たちの年齢を考えたら、また子猫から飼うというのは無理だよね。だけど、猫や犬のいる生活はつづけていきたい。『アンパンマン』みたいなヒット作に恵まれたら、どこかに広い土地を買って、老いた猫や犬を引き取って面倒をみてやりたいと思っているんだよ」

取材中に二階堂さんにはチャの絵を描いてもらった。

ほんの十分ほどでササッと描き上げた。

「猫は〝絵〟になるんだよね。犬だと人と一緒でないとなんとなくしっくりこない。そして背景もほしくなるけれど、猫はそれだけでいい」

私はどちらかというと犬派だが、二階堂さんが描いたチャの絵をじっと眺めていたら、存在自体で絵になるのは猫のほうが勝るものだと納得できた。

それにしても「猫」と「描」はよく似た字面だ。その因果関係はわからないが、二階堂さんの言葉の説得力につながっているような気もする。

永遠のヤングマンの死

なにを隠そう、私は〝新御三家〟のファンである。なかでも好きだったのが二〇一八年五月十八日に他界された西城秀樹さん。恥ずかしながら一九七九年三月の上京時には故郷に恋人などいないのにヒデキの「遙かなる恋人へ」を口ずさみながら特急電車で旅立った。今でもカラオケで「ブルースカイ　ブルー」を持ち歌にしている私にとってヒデキは特別な存在だった。実は何度か取材もさせていただいた。

二〇一九年七月にCS局の衛星劇場でヒデキが出演していた「恋に恋して恋きぶん」が放送された。当時、私は「おとなのデジタルTVナビ」の編集長職に就いていて、衛星劇場さんの要望もあってヒデキの記事を書き上げた。

そのときに書いたことが、「恋に恋して恋きぶん」での出来事。一九八七年の夏、湘南エリアで有名なリゾートホテルのプールサイドでのことだ。そこで「恋に恋して恋きぶん」のロケが行われた。

まさに〝ブルースカイ　ブルー〟の空の下、水着姿のヒデキは褐色に輝く逞しい肌をさらしていた。ロケには当時二十九歳のＭＩＥ（元ピンク・レディのミー）や二十三歳の野々村真、まだ十代の藤井一子、秋山絵美がいたが、ヒデキはその兄貴分として慕われていた。

ヒデキといえばドラマは「寺内貫太郎一家」、映画なら「愛と誠」を思い浮かべる人が多いだろう。どちらも精悍でワイルドさにあふれていた。だが、「恋に恋して恋きぶん」では自由奔放な恋愛観をもつナンパな男を演じた。

当時、ヒデキは三十二歳。「イメージ壊れちゃうね。この役は理性を捨てないとやっていけないよ」と屈託のない笑顔で話してくれた。

今にして思えば、アイドル路線を突っ走ってきたヒデキがようやく素で演じられる役だったのかもしれない。

翌年リリースした「33才」でヒデキは「すでに人生の半分に来た」と歌う。六十六歳にも及ばない六十三歳で惜しまれながら逝ったヒデキ。いつのときも笑顔が似合ったヒデキだが、三十代で見せたあの笑顔が忘れられない。

志村けんさん、まさかの死去

二〇二〇年三月三十日、そのニュースには腰を抜かすくらい驚いた。

——コメディアンの志村けんさん死去　新型コロナ感染で肺炎発症。

私は「8時だョ！全員集合」で育った世代である。ある意味で志村さんはヒーローでもあった。


時が流れて八〇年代の後半、「8時だョ！全員集合」は終わり、「加トちゃんケンちゃんごきげんテレビ」が始まった。私はその頃、テレビ情報誌の記者をしており、「加トちゃんケンちゃんごきげんテレビ」の収録には何度かお邪魔させていただいている。加藤さんや志村さんと親しくなったわけではないが、話しかければ、きちんとコメントをくれた。「全員集合」の頃のイメージから真面目には取り合ってくれない、ふざけたコメントが飛び出すのだろうと思っていたのだが、意外に真面目で真摯なコメントが多かった。

「加トちゃんケンちゃんごきげんテレビ」に出てきた「マッタケマン」もたしか志村さんの発案で生まれたキャラクターだったはずだ。これはブレイクすると思い、編集部のデスクに直訴してページをもらい、「マッタケマン登場！」の記事をつくった。時期は少しさかのぼるが「オレたちひょうきん族」で大当たりした「タケちゃんマン」に匹敵するキャラクターになるのでは、と期待してのことだった。

結果的にはマッタケマンは三回ほど登場しただけで、フェードアウトしたが、志村さんはその後もいろいろなキャラクターを生み出していった。その独創性や創意工夫、そしてなによりも努力は並大抵のことではなかっただろう。

あれから三十余年、志村さんとお会いすることはなかった。しかし、山田洋次監督の新作「キネマの神様」に主演されると聞いて、まだまだ活躍されていくのだと思っていた。

そういえば、と思い、抽斗(ひきだし)をさぐると「加トちゃんケンちゃんごきげんテレビ」のテレフォンカードが出てきた。二枚組の豪華なカードである。これは志村さんから直接いただいたものである。

自分の中でくすぶる少年時代がまたひとつ終わったような気がする。

世の中、「だいじょうぶだぁ」とはなかなかいかないものである。

画家・毬月絵美さんの〝ぶわり〟

私は日本エンタテインメント・アーカイブス事業支援機構（ＪＥＡＯ）で理事を務めていた時期がある。

ＪＥＡＯは私が親分として慕ったＴＢＳの番組宣伝マンの広瀬隆一さんが定年退職後に起ち上げたＮＰＯ法人である。

ＪＥＡＯは二〇〇五年に芸能活動七十周年、文化勲章を受章した女優の森光子さんと深いつながりがあり、二〇〇九年には「放浪記２０００回公演」の記念イベントを企画していた。そのパンフレットの表紙画の描き手として広瀬さんが見つけてきたのが毬月絵美さんである。

広瀬さんが銀座・伊東屋で催していた毬月さんの個展にふらりと立ち寄って毬月さんの絵に惚れ込み、パンフレットの表紙画の制作を依頼したのである。

それを機会に毬月さんはテレビ業界の猛者、奇人変人が勢ぞろいしていた〝広瀬組〟の宴席に参加するようになった。

私が広瀬組に入ったのは二十代の半ば、一九八〇年代の中頃であったが、二〇〇九年当時でも下っ端であった。なにせ胡散臭い連中が次から次に現れては消えていく。強烈な個性を放つ連中ばかりなので、下の人間が育たないのである。

広瀬さんにはいろいろな方を紹介していただいた。旅番組で鬼軍曹の異名をとる村井美樹さんもその一人である。

さて、毬月絵美さん。広瀬さんから見せてもらった作品のイメージから、ふわりとした方なのだろうと想像していたのだが、〝ぶわり〟とは少し違って〝ぶわり〟とした方であった。とにかく物怖じしない性格で、人の心の中に〝ぶわり〟と入ってきて強烈なインパクトを残していく。猛者ぞろいの広瀬組の中でたちまち頭角を現し、私などはたちどころに舎弟扱いされてしまったのである。

毬月さんはお酒も〝ぶわり〟である。顔色ひとつ変えず、なんでも飲み干してしまう。日本酒やワインなら「めんどうだから瓶でもらいましょ」とオーダーするのだから、肝臓も財布もたまったものではない。今でも毬月さんとの宴席には覚悟をもって臨んでいる。

人柄は〝ぶわり〟の毬月さんだが、絵のタッチはやはり〝ふわり〟。デリケートでありながら大胆な色遣いを、私は〝Eternal Color〟と表現している。

毬月さんとは今でも親しくお付き合いさせていただいている。二〇二一年六月にユニコ舎から刊行した毬月さんの詩画集「彩―SAI―」は〝ふわり〟としたタッチの作品が楽しめる。ところで拙著のカバーイラストは毬月さんが描いてくれたものだ。私としては毬月さんの作品の中からイメージに合ったものを使わせてもらえたら良かったのだが、「せっかくだから描くよ！　もうイメージがわいたから大丈夫。任せてね！」と描き上げてくれたものだ。こちらは〝ふわり〟というよりは……やはり〝ぶわり〟か？　毬月さんもどうやら私と同類の〝雑駁の人〟のようだ。

放浪歌人・山崎方代の品格

二〇一二年にタウン誌「かまくら春秋」の創刊五百号記念展が開催され、そこで購入した色紙である。筆文字は判読しづらいが焼酎をちびちびやりながら文字と相対してみた。

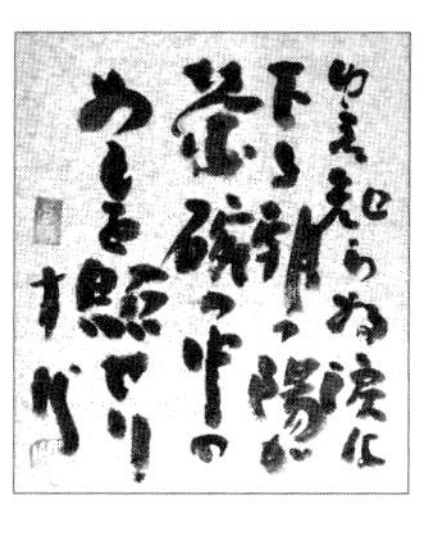

ゆえ知らぬ涙は
下る朝の陽が
茶碗の中の
めしを照らせり
方代

はてさて、詩の意味は……なんだか訳がわからないけど涙がこぼれちゃうくらい（神々しい）朝の光が、（粗末な）茶碗の中の飯を照らしているよ。ま、こんなところか。ここまででお湯割り三杯。心地良く酔わせてもらった。

詩を揮毫（きごう）したのは山崎方代さん。知る人ぞ知る昭和の放浪歌人である。かつて鎌倉山の山裾に「方代草庵」と名づけたプレハブ小屋で暮らしていた。かまくら春秋社の代表を務める伊藤玄二郎さんは次のように方代さんとの出会いを語っている。

> 初めて訪れた日、歌人は、これからスキヤキをご馳走するよと言って、窓を開け、ヒョイと手をのばして目の前の叢（くさ）をひとつかみ引き抜いて、卓上の牛肉が煮えている粗末な鍋に放りこんだ。掌の中にはやせた野蒜（ノビル）があった。
> 「ネェ、チョット、チョット、やってみてよ、味は悪くないよ」
> 使い古した黄ばんだ割り箸で中身をつかみあげ、箸を付けかねている来訪者の小鉢に移した。

さてさて、私なら、その小鉢のものを食べるか否か少し悩んでしまった。

だが、方代さんにしてみれば初めて会った伊藤さんへの最大のおもてなしだったに違いない。方代さんは戦争で南方戦線に送られて鉄砲玉で右の目玉をとられている。そんな不幸をおくびにも出さずに暮らしていたという。

ここまででお湯割り五杯。小鉢のスキヤキをアテに方代さんと酒を酌み交わしてみたいという気持ちにだんだんなってきた。

大林宣彦さんのアングル

二〇二〇年四月十日に永眠された映画作家の大林宣彦さん。前年七月に降ってわいてきた大林宣彦さんのメッセージ集の出版プロジェクト。それはユニコ舎という出版社の門出となる書籍であった。タイトルは「キネマの玉手箱」。大林さんの遺作となってしまった「海辺の映画館―キネマの玉手箱」から使わせていただいた題号であった。

大林さんとの出会いは二〇一七年五月までさかのぼる。私が編集長職に就いていた「おとなのデジタルTVナビ」がCS局の衛星劇場とのタイアップで開始した連載「活動寫眞家たちのアングル」の取材で初めてお会いした。

二〇一六年八月に肺癌に罹(かか)り、ステージ4まで進行して余命三カ月と宣告されていた大林さんだが、「花筐/HANAGATAMI」の撮影をつづけて一年後、「余命は未定」となった頃である。まさに奇跡。この人はどんなことがあっても死なないと思ったし、当人も「これから三十年は生きる」「死んでる場合ではない」と常々口にされていた。連載「活てくれた。

動寫眞家たちのアングル」の最後の取材となった二〇一九年十二月も笑顔を絶やさずにい

大林さんの亡くなられた四月十日は「海辺の映画館―キネマの玉手箱」の公開予定日であった。それがコロナウイルス感染症拡大のため延期となった。大林さんの新しい、そして最後の著書となってしまった「キネマの玉手箱」は四月二十五日の刊行をめざして印刷工程にあった。そんなときに届いた大林さんの訃報。間に合わなかった……その落胆たるや、まるで深い地の底、水の底に沈みいくような心境であった。

病状が悪化しているとは耳にしていた。しかし、「キネマの玉手箱」の正式な出版契約を交わした日付が四月九日。その翌日に……まさか、そんなことが起こるわけがない。今でも信じられないでいる。

ほんの数年間で学んだ大林さんの人生哲理。それにつき動かされてはじめた出版事業だった。大林さん亡きあと、完成した「キネマの玉手箱」を見て思わず涙腺が崩壊した。それは感極まったわけではなく、実に冷静で平穏な心境の中での涙であった。

振り返ると「キネマの玉手箱」という本は自らが世に出たくて、私たちを動かしたのではないか。つまり「キネマの玉手箱」という本に命が宿って、本そのものが出版までの道筋をつけたのではないかと思ったりする。

「キネマの玉手箱」を読んだ読者から届いたメッセージが印象的であった。

◇

わたしには「非戦の章」が印象的でした。大林さんご自身の深層が語られていると感じました。

本当の勇気は戦わないこと
正義をかざさないこと
世の中が平和なら映画はいらない
映画はジャーナリズムだ

そんな言葉から、大林監督の芯がわかりやすく伝わります。

そして、これらの言葉は、ウイルスに翻弄されているこの時代の人類にとっても、たいへん示唆に富んだ言葉だと感じます。

人類はウイルスと戦って勝つことなどできません。冷静に落ち着いて対処することが必要なのに、ウイルスに対する憎しみや恐れが形を変えて人を襲っています。

大林監督なら「コロナには立ち向かうのでなく、生き物として並んで暮らしたい」とおっしゃるかもしれません。

ユニコ舎のスタッフはみんな大林チルドレンだと思っているが、チルドレンの中ではかなりの新参者である。ラジオで映画音楽のＤＪを務めているジョニー志田さんは大林チルドレンの先輩格である。ジョニー志田さんのペンネームは〝志田一穂〟だが、それは大林さんの8ミリ処女作「絵の中の少女」の中で大林さん自身が演じた〝志田一馬〟から頂戴したもの（大林さん公認）。志田さんは二〇二二年四月にユニコ舎から「映画音楽はかく語りき」を上梓されたが、それも亡き大林さんが仕組まれたことのように思えてならない。

宝田明さんへの追悼記事

二〇二二年三月十四日に他界された宝田明さん。ユニコ舎刊の「送別歌」が最後の著書になるとは思ってもみなかった。宝田さんと私は同郷（新潟県村上市）であり、「一緒に村上に行こう」と話したりしたのだが、コロナ禍のため実現することはなかった。コロナ禍をかいくぐって催された講演会やテレビ出演では必ず傍（かたわ）らに「送別歌」を置いてくださった宝田さん。それは、この本の制作統括者であった私にとって編集者冥利に尽きる行為であった。宝田さんは「送別歌」をこよなく愛してくださっていたのだ。

訃報を聞いた翌日、私はどこに載せるというわけでもなく、追悼原稿を書き上げた。それが縁あって二〇二二年三月二十七日に村上市の地元新聞「サンデーいわふね」に掲載された。

◇

幼少期に「ゴジラ」を見て育った世代にとって宝田明さんは特別な存在でした。もちろん「ゴジラ＝宝田明」ではないので、ヒーローとして憧れの眼差しを向けたわけではありません。雄叫びをあげても物言わぬゴジラの代弁者としての宝田さんの存在は少年たちの心を鷲掴みにするだけの大きなインパクトがありました。

宝田さんと初めてお会いしたのは二〇一四年のこと。某CS局の主催で「ゴジラ」がらみでの取材会があり、個別取材の終了後に「私は新潟県村上市の出身なんですよ」と挨拶をすると、「そうなのか。村上の郷土料理を食べる会があるから、それに一緒に行こうか」と温もりのある大きな手をさし出し、握手を交わしたのでした。宝田さんの故郷は村上……正確には朝鮮半島生まれで、満州育ちなのですが、終戦後の引き揚げでめざしたのが祖先の眠る村上だったのです。

その後、しばらく宝田さんとお会いする機会はありませんでした。私は二〇二〇年一月にユニコ舎という小さな出版社を起ち上げました。ユニコ舎の処女出版物は故・大林宣彦監督のメッセージ集「キネマの玉手箱」でしたが、「反戦・非戦」をひとつのテーマにした「キネマの玉手箱」に続く本として、過酷な引き揚げ体験をされている宝田さんの著書が漠然と頭に浮かびました。そして企画の説明をするために二〇二〇年六月に宝田さんとお会いしました。当時、宝田さんは「銀幕に愛をこめて　僕はゴジラの同期生」（筑摩書房）を出したばかりで、本の出版に関してためらいがあったようでしたが、村上出身の私のために前向きに検討してくださったのです。当初の題号は「七つの宝だ」という取りようによってはふざけたものでしたが、宝田さんはさして気にするふうでもなく飄々として私の説明に耳を傾けてくれました。

結局、宝田さんはユニコ舎から本を出すことを承諾してくださり、その後、何度も話し合いを重ねる中で、私は宝田さんが書かれた漢詩「送別歌」が気になりはじめ、それを本の題号にできないかと打診してみたのです。「送別歌」とは辞世の言葉のような印象があるやもしれず嫌がるのではないかと危惧もしたのですが、宝田さんは「そうくるか」というような表情を見せながらも、その提案を面白がって快諾してくださったのです。

二〇二一年一月三十日に「送別歌」刊行されました。そのあとは〝村上ゆかり人たち〟からの反響に少なからず驚かされました。宝田さんの同級生からは「涙を流しながら読みました」という感想も届きました。東京新潟県人会、村上高校同窓会、いわふね新聞、村上新聞、益田書店……宝田さんの言葉は村上ゆかりのたくさんの団体と人々の心を揺り動かしました。それはコスモポリタンと自ら公言しながらも、郷土への愛着を忘れず生きてきたことの証しではないでしょうか。

残念だったことは、新型コロナウイルス感染症のため、宝田さんの芸能・公演活動が著しく妨げられてしまったことです。お会いするたびに常に新しいプランを話されていましたが、そのほとんどが中止か延期を余儀なくされてしまいました。そんな状況下にありながら四月一日公開の映画「世の中にたえて桜のなかりせば」では主演とエグゼクティブプロデューサーを務められたのですから、まだまだこれからもご活躍されていくのだろうと信じていました。「反戦」を掲げてきた宝田さんですから、ロシアによるウクライナ侵攻には心を痛められていたと思います。「送別歌」には〝今そこにある危機〟に人々が対処すべき指針が綴られています。

「送別歌」は八年前に宝田さんの温もりのある大きな手とつながったことからはじまりました。その温もりを忘れずに「送別歌」という本に寄り添って、これからもこの仕事に邁進していきたいと思います。

そして「境界　BORDER」シリーズへ

大林宣彦さんの「キネマの玉手箱」、宝田明さんの「送別歌」から派生したユニコ舎刊のシリーズ書籍が「境界　BORDER」である。そもそもは大林さん、宝田さんの輝かしい人生の軌跡を紹介するはずだった「キネマの玉手箱」と「送別歌」であったのに、お二人の人格形成の根幹には禍々(まがまが)しい〝戦争の記憶〟がはびこっていた。前線で戦ったわけではないが、徹底した軍国主義の教育で育った大林少年、満州からの過酷な引き揚げを体験した宝田少年の心に深い傷痕を残したのである。

八月十五日は「終戦の日」であるが、その日を境になにかががらりと変わったわけではない。大林少年や宝田少年だけではなく、当時の日本人はそれぞれが人生の境界線上を彷徨(さまよ)っていたのである。夢ラボ・図書館ネットワークとユニコ舎のスタッフは生活史の視点で戦争体験者の証言を残していく著書として「境界　BORDER」を刊行。

これまで十六人の戦争体験を紹介してきたが、ユニコ舎が存続する限り、出しつづけていきたいと思っている。

それが大林さん、宝田さんへの恩返しになると信じて。

余談閑話

ライター、編集者という生業を離れて自分の好きだった漫画、アニメ、ドラマ、映画、小説について気ままな雑感。私の世代には漫画とテレビは生まれた頃からあった娯楽の王様であった。かつて〝新人類〟と呼ばれたわれわれの世代は映像文化に影響されて育ってきた。漫画やアニメを語れば色のなかったヒーローたちでさえ鮮やかな色彩を放って甦ってくる。

サイボーグ009は完結せず

我が家の本棚には石森章太郎著の「サイボーグ009」のコミックが全巻そろっている。第一巻の奥付を見ると一九七二年のもの。一九六六年が初版で当時すでに四十版を重ねているのだから驚きだ。

この頃、私はやはり石森作品の「仮面ライダー」も愛読していた。一九七一年に「仮面ライダー」は少年漫画誌「ぼくらマガジン」に連載されていた。

私にとっては「仮面ライダー」は伝説的な漫画雑誌である「ぼくらマガジン」の中のひとつのコンテンツにしか過ぎなかったのだが（なにせ、「ぼくらマガジン」は「タイガーマスク」「魔王ダンテ」「ウルフガイ」「狼ジンギスカン」など少年たちの心をとりこにする人気作だらけでしたので）、連載を読み進むほどに「仮面ライダー」にも魅せられていった。それは主人公・本郷猛と009の島村ジョーに似たような性質を見たからである。

「ぼくらマガジン」版の「仮面ライダー」の本郷猛はテレビ版のようにやたら強いだけの

ヒーローではなく、人間としての心を残し、その葛藤の中で戦う姿はあまりにも哀しく、そして格好良かった。それが島村ジョーとよく似ているのだ。

時は流れて一九八七年夏。テレビ情報誌の特派記者をしていた私は「仮面ライダーＢＬＡＣＫ」の制作発表で東映大泉撮影所を訪ね、原作者の石ノ森章太郎さんとお会いした（この頃は「石ノ森」でした）。一九八一年から中断していた「仮面ライダー」シリーズの復活が話題であったが、ひととおり質問が終わったあとで私は自分自身の最大の関心事をぶつけてみた。

「ところで未完のままであった００９の最終章『天使編』はどうなっているのでしょうか？」

石ノ森さんは「構想はまとまったのでまもなくはじめますよ。楽しみにしていていてください」と語った。取材時、どちらかといえば表情の硬かった石ノ森さんが、この質問にはにこりとほほ笑んだのを今でも鮮明に覚えている。

ところが「天使編」はスタートすることなく、石ノ森さんは一九九八年にあの世へと旅立ってしまった。

私にとっての「サイボーグ００９」はあっけなく終わってしまったのだ。

その後、石ノ森さんのご子息の小野寺丈さんの原作で「サイボーグ009」は完結している。

だが、なぜかそれを手にしようという気持ちにはならない。

興味がないわけではないのだが、「サイボーグ009」については、私の時計は一九八七年で止まったままのような気がする。

シェーン、カムバック！

私がもっとも感銘した映画といえば「シェーン」である（もちろん公開時に観たわけではないですよ）。

一九五三年の西部劇で、主演はアラン・ラッド。ストイックなガンファイターが、開拓民家族のために悪徳牧畜業者と殺し屋に立ち向かう。「シェーン、カムバック！」という少年のラストシーンが涙を誘う。

子供の頃、私はそのシーンだけでシェーンに魅了された。

ところが、大学時代に映画マニアの同級生から、「おまえは甘い」と指摘された。彼の説明によれば、「シェーンは最後の銃撃戦のあと、正面からのシーンはない。なぜか？　シェーンは撃たれていたんだよ」と自慢げに言う。さらに「シェーンが去っていく最後の場面で墓場が映るだろ。あれはシェーンの死を暗示しているんだな」とも。

鼻高々に解説する同級生を撃ち殺したくなったが、そこは我慢して再放送を待った（まだビデオが普及してない時代でしたので）。

一年後くらいにようやく再放送にめぐりあって、同級生の言うことが確認できた。

まず、銃撃戦のあと、正面からのシーンはあった！　だが、ラストシーンは墓場だった。

その頃、同級生の話とは別に「シェーンは死んでいる」と聞いた。それは日本人にはちょっとわからないかも、と。

その人が言うには「去っていくシーンでの馬の乗り方なんだよね。あれは生きてる人間の乗り方ではないんだよ。アメリカのカウボーイはあれを見ると泣けてくるみたいだね」。

どういう訳か、同級生のときとは違って説得力を感じた。たしかにシェーンの馬の乗り方は少しおかしいような……。

そういえば西部劇好きの作家・逢坂剛さんに「シェーン」の話をうかがったことがある。

「アラン・ラッドもいいけど、ジャック・パランスの悪役ぶりも相当なもの。監督の演出がピカイチだね」

映画の表現力とはすごいものだと感心して、その後は映画を食い入るように観るようになったが、「シェーン」のような映画には出会っていない。

永遠の応援歌「海のトリトン」

このところ気分がふさぎ、なんとなく体もだるい。これは男の更年期障害か？

こういうときはYouTubeで聴く（見る）決まったアニメソングがある。

♪パ・パパパパ〜パパパ・パパパァ〜チャンチャン……水平線の終わりには、あああ〜。

そう、「海のトリトン」。このアニメにはいろいろと救われた。

なにせ小学生の頃から家を出たくて仕方のなかった私は、この歌を聴き、誰も知らぬ未来に夢を馳せていたのだった。

♪誰も見ないィ〜未来の国をぉ〜少年はぁ、さがしもとめるぅぅぅ〜。

♪希望の星ィ〜胸に残してぇ〜遠く旅立つ、ひとりィ〜。

「GO！　GO！　トリトン」は私の少年期の応援歌。気分がふさいだときは、これを聴くにかぎる。

人魚の少女ピピ登場回が忘れられない。恐竜のような巨大生物をオリハルコンの短剣の力で葬ったトリトンだが、巨大生物の骸から流れる血を見て涙する。ピピは弱虫とトリトンをけなすが、トリトンは臆病者ではなく心根のやさしい子であったため巨大生物との不毛な戦いを悔い、その死を悼んだのである。

トリトンは人間としての弱さを持った普通の少年であった。だからこそ、最終話でポセイドン族を滅ぼすことになるトリトンの宿命が悲しく、胸を打つのである。

「海のトリトン」は手塚治虫原作だが、それとはまったく異なるストーリー展開であった。あの頃は知らなかったが西崎義展のテレビアニメ初プロデュース作品で、富野喜幸の初監督作品でもあった。西崎といえば「宇宙戦艦ヤマト」、富野は「機動戦士ガンダム」である。この二人が手がけたものであるのなら、少年アニメらしからぬ、あの最終話もさもありなんと納得できるのである。

「海のトリトン」のエンディングといえば「須藤リカとかぐや姫」である。須藤リカ（すどうかずみ）はのちに女優、芸能レポーターとして活躍。そして、かぐや姫はもちろんあの南こうせつのグループである。「海のトリトン」という冒険アニメで四人の歌う映像が実写で放送されることになんの意図があったのだろう？　子供心の違和感は未だにぬぐえないが、若き日のかぐや姫の姿が見られるのは得した気分にもなれる。

しかし、あれからン十年。トリトンは今もどこかを旅しているのだろうか？　こっちはすっかりジジイになったが、まだまだ旅はつづきそうである。

永井豪に憑依したデビルマン

一九七一年、「ぼくらマガジン」という漫画週刊誌で連載されていた永井豪著の「魔王ダンテ」はかなり異色なストーリーであった。なにせ「悪魔」が「神＝人」に戦いを挑むのであるから、いわゆる〝正義のヒーロー〟は存在しない。あいにく「ぼくらマガジン」はその後すぐに廃刊となり、「魔王ダンテ」は永井豪さんにとっては不完全燃焼のまま終了してしまった。

しかし、「魔王ダンテ」を見たテレビアニメのプロデューサーが永井さんへ「人間的な悪魔をヒーローにしたアニメが作れないだろうか」と持ちかけ、一九七二年に〝正義のヒーロー〟の「デビルマン」が誕生する。そしてほぼ同時に「少年マガジン」で「デビルマン」がスタート。漫画版はアニメ版とはまったく異なるストーリー展開となり、「魔王ダンテ」を引き継いだ悲劇的な結末を迎える。

一九七三年から一九九〇年まで複数の漫画誌で連載された「バイオレンス・ジャック」

は、巨大地震のあと無法地帯となった関東を舞台に恐怖の支配者スラムキングと強靭な肉体と怪力をもつ謎の大男バイオレンス・ジャックの死闘を描いたものである。長期連載の結末はデビルマン（ジャック）とサタン（キングの飼っている人犬）の最終決戦という意外すぎるフィナーレとなる（「デビルマン」では死んだ不動明が「バイオレンス・ジャック」ではサタン・飛鳥了と融合したような結末でした）。

作者の永井豪さんはなぜにここまで〝デビルマン〟にこだわったのだろうか。文庫版「デビルマン」のあとがきで永井さんはこう書き記している。

イギリス人のチャネラーから興味深い話を聞いた。僕の前世のひとつは十三世紀末のオーストリアで修行をしていた神父であり、魔女狩りが行なわれていた〝とてもきびしい時代〟を生きることに耐えられず自殺したのだという。そう聞いた途端、僕の目の前に、青空をバックに歩いている鈎鼻の背の高い痩せた神父の姿と、その先に立つ枝振りの良い木が浮かび上がった。僕が何も言葉にしないのに、そのチャネラーは「あなたが首を吊った木ですよ」と教えてくれた。たかがチャネリングであり確証はない。しかし、もしも僕が魔女狩りが行なわれていた頃のヨーロッパに生きていて、人々を迫害する側の人間だったとしたら、やはり自責の念にもがき苦しんだことだろう。「デビルマン」の最後の方で、悪魔狩りを始めた人間たちにむかって不動明が「お前らこそ悪魔だ！」と叫ぶシーンがあるが、その言葉こそ、神父だった当時の僕が言いたかったことなのかもしれない。

永井さんにとって一連の〝デビルマン〟作品は前世の贖罪であるのかもしれない。そして血にまみれた凄惨なシーンを描きながらも、永井さんの真意には「世界の平和」「精神の進化」があるのではないか。〝デビルマン〟は現代人を啓発する文芸作品であるのだとあらためて実感する。

〝黄色い悪魔〟に戻ったタイガーマスク

「オレは、みなしごだから」とは自己紹介が面倒なときに、よく使ったセリフである。たいていは「あっ、そう」で終わるのだが、たまに珍しい動物を見つけたように近づいてくるやつ（特に若者）がいる。

「みなしごッスか。なんかカッケッスね」

オヤジをおちょくっているのかどうかわからないけど、こういうときはお付き合いしてあげる（というか、ちょっと嬉しい）。

「おお、そうよ。ちびっこハウスの出身よ」

「ちびっこハウス？　なんスかそれ」

「孤児院だよ。オレは、そこから逃げたんだ」

「逃げた？」

「ああ。温かい人の情けも、胸を打つ熱い涙も、知らなかったんだな。強ければそれでいい。力さえあればいいと思ってた。ひねくれて星を睨んだボク、いやオレなのさ」

「なんスか、それ？」

「あれぇ、知らない？　ま、いいけど……オレは、ちびっこハウスから逃げて肉体労働者になったわけさ」

「ん？　今は編集者ッスよね」

「今も脳味噌は肉体労働してるよ」

「ふーん、なんだかわけわかんねッスけど、カッケッスね」

「だろ」


二十年くらい前なら、すぐに「タイガーマスク」からの引用だとばれて、それなりに受けたネタだけど、今は別の意味で感心されることがある（というか今の若者は気持ちがやさしいのか、感心するふりが上手なような気がします）。

私が若い頃はこんなつまらない与太話を飛ばすようなオヤジは完全無視であった（「のらくろ」の出世話を聞かされてもさっぱり理解できないし）。

それにしても今さらだが思う。

孤児として虐げられた暮らしをして、そこから逃げ出したのはいいが、人買いのような組織〝虎の穴〟に拉致され、そこで徹底的に鍛えられ、やがて極悪非道のレスラーとして生まれ変わり、〝黄色い悪魔〟と恐れられたタイガーマスクなのに、なんで「フェアプレイで切り抜けて男の根性見せてやれ」となったのか？　「ちびっこハウス」の子供たちのため、というのはわからなくはないが、伊達直人（タイガーマスク）も今の若者に劣らぬくらい気持ちが優しかったに違いない。

ところでアニメ版の「タイガーマスク」だが、最終回では〝黄色い悪魔〟に戻り、「虎の穴」のラスボスを〝虎の穴〟で仕込まれた凄惨な反則技で抹殺している。「フェアプレイで切り抜ける」よりも、胸にグッときたのはどうしてだろうか。現代の教育事情ではこういうラストはありえないだろうけど。

百億の昼と千億の夜

人はどこから来て、どこに行くのか——。

おそらく誰もが一度くらいは考えたことのあるテーマだと思う。

その答えを書物に求めると、いろいろあるものだ。そのジャンルも哲学書や宗教書からはじまり、果ては漫画まで実にさまざま。

私もそれなりにそういう書物を探してみたが、疑問は疑問を生み、しまいにはそんなことを考えるのは時間の無駄と思うようになってしまった。

ただ、一冊。これだけは、われわれは〝どこから来て、どこへ行くのか〟の答えのヒントがあるように思えた本があった。

「百億の昼と千億の夜」。光瀬龍のSF小説だが、私が記憶しているのは光瀬原作、萩尾望都の作画による漫画である。一九七七年に「少年チャンピオン」に連載。プラトン、釈迦、イエス、そして阿修羅が登場する、そのスケールの大きさにまだ少年だった私は圧倒された。

ずいぶん時間を経てからこの「百億の昼と千億の夜」とふたたび出会うことになった。あらためて通読してみると、少年期にはスケールの大きさばかりに目がいったものだが、〝人はどこから来て、どこへ行く〟という、これまた壮大なテーマが根底に隠されていて、その疑問を解くカギまでがきちんと描かれていることに気づいた。

（さて、カギを開けるのはあなたです、というところまでは誘ってくれるのです。本当はその先を知りたいのですが、「百億の昼と千億の夜」はそこでおしまい。カギに迫る本、そして〝その先〟を書いた本はほかにもあるのですが、そういう本は難しすぎて、私の脳味噌はフリーズしてしまうのです。だから時間の無駄となってしまったわけです）。

この「百億の昼と千億の夜」の結末は、鈴木光司の「リング」シリーズの完結編「バースデイ」とも似ている（ジャンルのまったく異なる作品が同じような結論に至るのは、とても興味深いことです）。

二つの作品に共通したもの——人類は生きているのではなく生かされている。そうあらためて感じてしまうことである。

島耕作というサラリーマン

先日、某出版社の社長さんと一杯やった。飲んでいて興味深かったのは、その会社で出したある本について、「あれはダメだった。全然売れない」と。

それはある長寿ドラマのオフィシャルブックのような内容で、私には「そこそこ売れそう」という気はしたのだが、「いや〜。長寿は長所にも短所にもなるね。登場人物のキャラがひどく変わっちゃってね。ひとつにまとめたら矛盾だらけになっちまったよ」と嘆く。

ドラマに限らず長編になると作者の最初の意図とはどんどん変わっていくケースがある。矛盾を巧妙に抑え込んで主人公を大出世させた漫画といえば弘兼憲史さんの「島耕作」である。

今は社長・会長職を経て社外取締役になった島耕作であるが、係長時代（「課長　島耕作」第一話）はかなりの小心者として描かれている。

アクシデントで部下の女性とできてしまった島係長。

自宅にかかってきた電話に慌てる。たった一度の過ちで社内での立場がやばくなる、家庭が壊されると戦々恐々。

駅前の喫茶店でその女性と会った島は冷や汗を流しながらこう言う。

「俺には愛する妻と、娘が一人いて、ローン付きのマイホームに住んで、結構〝それなりの幸せ〟を享受していて……。俺自身、凡夫のあさましさをさらけだしたペイペイのサラリーマンだ」

そんな島に女性は笑いながら言う。

「サラリーマンでトップに立つ人たちは一見豪放磊落に見えたりするけど、ほんとうは小心な人間ほど出世するんだってね……。島さん、部長まで行っちゃうわよ、きっと！」

このときの女性のセリフは島にとって救いとなったのではないだろうか。「課長　島耕作」の第一話では弘兼さんは中間管理職のペーソスを描きたかったのだと思うが、回が進むにつれ島の小心者というイメージは払拭されて、〝理想的な上司〟へと変貌していく。

第二話からはタイトルどおり島課長となり、その後もいろいろ苦労を重ねたようだが、男としては「課長」時代がいちばん好感がもてて、新橋か神田あたりの居酒屋で一献傾けてみたくなる。

戦争映画の傑作——雲ながるる果てに

八月十五日は「終戦記念日」だが、誰が「終戦」と決めたのだろう。あれは「敗戦」。しかも、負けるべくして負けた戦いである。先の大戦のことをいえば、戦後生まれの日本人の多くは「太平洋戦争」「第二次世界大戦」が正式な名称だと思っているだろうが、正式には「支那事変ヲモ含メ大東亜戦争ト呼称ス」。「大東亜戦争」であったのだが、そのことが論議されることもあまりない。

大東亜戦争の悲劇はいろいろな形で伝えられている。映画もそのひとつであるが、私がイチ押しで奨める映画はもう何年も変わっていない。

一九五六年の「ビルマの竪琴」や一九五九年の「人間の條件」も良い。しかし、私が奨める映画はいわゆる大作ではなくて下手をすると映画史の中で忘れ去られた作品になるのかもしれないのだが、一九五三年の「雲ながるる果てに」がとても良いのである。

タイトルからも想像できようが特攻隊の話である。国家存亡の危機に命をかけて立ち向かおうとする若者と、生きることへの執着を捨てきれない若者。ありがちなストーリーで、ともすると「特攻」を礼賛するかのような展開だが、国のために命を賭す決意をした主人公が、ただ一人のときに見せた最後の行動（本音）が泣かせる。

そして、結末に出てくる軍上層部の心ない一言にこの上ない怒りがこみあげてくる。

一九五〇年代の戦争映画は死者へのレクイエム的な要素がどうしても見え隠れする。それはそうだろう。スタッフもキャストもなにかしら戦争とかかわってきた世代なのだから。だから、時には悲劇を美化し過ぎることがあるが、しかし、臨場感は想像力で描く現代の戦争映画とは次元が違っていると思う。

雲ながるる果てに――。

機会があれば、ぜひご覧いただきたい。

「火の鳥」は永遠に

先日、書店にふらっと入ってみたら、コミックのコーナーの目立つ場所に手塚治虫の「火の鳥」（文庫版）があった。どういう意図で並べたのかわからないが、この漫画は懐かしい。思わず手に取ったが、よくよく考えたら我が家の本棚には「火の鳥」が全巻そろっているのを思い出した。

「火の鳥」は地球という生命体に起こる出来事を、永遠に生きつづける不死鳥の目を通して描くもの。いや、地球という規模に限定されず、それは宇宙、そして素粒子の世界も舞台となる。また、「輪廻」という概念に裏打ちされ、壮大なスケールで物語は展開する。

ふとよぎる人類の永遠の疑問

――われわれはどこから来て、どこへ行くのか。

「火の鳥」は漫画というジャンルに収まらない哲学書、宗教書でもあるような気がする。

全巻と記したが、どうやら手塚の構想は果てないようであった。日中戦争時の上海を舞台にした「大地編」、不死の存在であるロボットを主人公にした「アトム編」、止めることのできない時間の中で〝今〟を描く「現代編」などが構想として練られていたようである。〝天才〟の名をほしいままにした手塚ならば、凡夫の私などは思いも寄らぬ、奇想天外なストーリーになったであろう。

手塚は一九八九年二月に胃癌のため六十歳で死去。当時はあまり考えなかったが、手塚の漫画を読んで育った世代が軽く還暦を越えてしまったことを考えれば、あまりにも早い死であった。〝火の鳥〟の力を、もっとも享受されて良かった人物だけに、その死を悼む人は数知れない。しかし、手塚の魂は、「火の鳥」を含めた数々の名作の中で、永遠に継がれていく。

パトラッシュがかわいそう

涙は心の汗というが、「♪胸を打つ熱い涙を知らないで育った」私はあまり涙を流したことがない。そんな〝みなしご〟気質の私だが心の汗の効力というものは認めている。思いきり涙するとすっきりするのは誰もがそうであろう。

涙の効力を求めるとき、私はこのシーンを思い浮かべる——。

「パトラッシュ、疲れただろ。僕も疲れたんだ……。なんだかとても眠いんだ……パトラッシュ……」

「クゥーン」

アロアの「ネーロー!!」という悲痛な叫び。ああ、もうだめ。うるうるしてきた。ご存じ、「フランダースの犬」のラストシーンである。

ネロがこの世で最後に見たのはルーベンスの絵であった。

私がまだ紅顔の美青年（？）だった頃、そのルーベンスの絵が東京の美術館で展示されたので見にいった。

絵心もなく、絵の知識もない私にとってルーベンスの絵はネロ少年のような感激も感慨もなかった。だが、ただボーッと眺めていてもつまらないので、「フランダースの犬」のラストシーンを思い浮かべる。すると頬をつたう涙。これでちょっとは名画の拝観者として絵になっただろうと自賛しながら会場を出た。

上野の公園を歩いていると、後ろから呼びとめられた。振り返ると妖艶なご婦人が立っていた。

「あのお……」

「は？」

「ルーベンスの絵を見ていた方ですよね？」

「はぁ」

「ルーベンスの絵、良かったですね」

「はぁ」

「ちょっと絵画のお話でもしませんこと」

新手の勧誘かとも思ったけれど、その日は暇だったので、ご婦人についていくことにした。

話の内容はチンプンカンプンであったが、いろいろとご馳走にもなり……なんだかとても疲れて、眠くなってしまった。

そんな回想話はどうでもいいけれど、「フランダースの犬」は日本以外ではあまり人気がないようである。本場ベルギーでは「ベルギー人は子供を一人で死なせるほど非道ではない」と批判的な意見が根強く、アメリカにおいてはネロの父親が名乗り出て非業の死を免れるという別のストーリーに変わっているとか。

救いようのない悲劇というのが日本人の気質に合致したのが「フランダースの犬」といえるのかも。

それにしても……。

昇天するネロとパトラッシュを見ていると、また別の涙がこみあげてくる。天使に誘われて天国へ駆け昇っていくパトラッシュは荷車をひき、荷車の上にはネロがいる。

死後も荷車をひく運命にあったパトラッシュがとても気の毒であった。

「美味しんぼ」が危惧したこと

一九八八年からはじまった「美味しんぼ」にはずいぶん助けられた。いろいろあって借金地獄に落ちたとき、私の食事情もかなり悪化したため、「美味しんぼ」をおかずにご飯を食べていたときもあった。究極とか至高の料理を想像しながら口の中にあふれる唾液でご飯をのみ込んだのである。

いつの頃からか「美味しんぼ」は読まなくなったが（決して裕福になったというわけではありませんが）、本屋の棚に並んでいた「美味しんぼ」のコミックは１００巻を超えていた。二〇一〇年三月刊の第１０４巻。山岡士郎と海原雄山の父子が協力して食を通しての環境問題に取り組んでいた。グルメブームをさんざんあおった漫画が、環境問題とは⁉

山岡は核燃料再処理工場のある六ヶ所村を取材し、原子力発電の是非を問う。

その中で以下が事実として紹介される。

・再処理工場は一年間に広島型原爆三万発分の核分裂物質を取り扱う。さらに使用済み燃料を貯蔵するため、広島型原爆十一万発分の核分裂物質を常に抱え込むことになる。

・原発が稼働するのは長くても六十年間だが、使用済み核燃料は永久的に放射線を出しつづける。そして最終処理（埋設）できる場所が日本にはない。
・核燃料再処理工場の建設費が高すぎる。工場の建設費用は二兆八千五百億円で、それを太陽光発電の助成金にまわすと（設置費用の三分の一を助成）、日本の総世帯の十パーセントを太陽光発電にできる。
・核燃料再処理工場の建設費用（二兆八千五百億円）は電力会社が電気料金に上乗せしている（つまり原発反対派であっても電気代を払えば、おのずと原発推進に力を貸していることになる）。

そして結論。

・再処理工場から放出される放射線量（0・022ミリシーベルト）は自然放射線量（世界平均2・4ミリシーベルト）よりはるかに低い。だが、それはすべて問題なく運転されていてのことで、大きな事故が起こったらそんな数字は消し飛ぶ。

二〇一一年三月十一日、六ヶ所村ではなく福島でそれは起きてしまった。原作者の雁屋哲さんがもっとも恐れていた最悪の事態であろう。

「美味しんぼ」では日本の環境問題を理解するには「行政、ゼネコン、学者の三角関係を認識すること」が必要で、さらに「地域の人々」の責任も問う。しかし、こと原発に関しては「地域の人々」どころか、国民全員の責任でもあるのだ。

長らくご無沙汰していた「美味しんぼ」を読んでみたが、なかなか痛烈で、日本の社会を料理に例えるなら、「究極」とか「至高」には程遠い、もはや残飯のようなものだと訴えているような気がした。

自分と出会える「アナン、」

もっとも古い、根源的な夢といったらなにを思い浮かべるか？　この世に生まれて最初の夢というやつ。ふつう、そんなもの覚えてるわけはない。でも、私には最初かどうかは定かではないが、こんな夢を何回も繰り返し見ていたことを記憶している。

青い空、透きとおった空気、輝く太陽、咲き誇る花々、そして白雲がたなびく山々。そんな世界を飛ぶ。体がものすごく軽い。ふわふわと軽い。見れば背中には翼が。黄金色の翼である。ただひたすら宙を飛ぶ。無心で宙を舞う。黄金の翼からは金粉が落ち、それを浴びた小動物や花々は喜びの声を上げ、踊り出す――。

そんなこんなでお終いになる夢なのだが、幼い頃は毎晩のように見ていた。

天使か妖精にでもなっていたのだろうか。ただ、その夢を見ていた頃はおそらく天使も妖精もなにものであるのかわかっていなかったと思う。それくらい幼い頃の話である。

天使や妖精を信じますか？　などということを論議するつもりはない。ただ、この世には天使や妖精がいるのではないか、と思えるようになれる小説がある。私の好きな小説の中ではベスト3に入れられる一冊が「アナン、」。この「アナン、」には私が見た夢の真意を解く鍵があるように思えるからである。

作者は飯田譲治と梓河人。この二人はドラマ化された「ギフト」、映画化された「アナザヘヴン」の原作者としても知られている。飯田は伝説的な深夜ドラマ（映画化もされました）「ＮＩＧＨＴ　ＨＥＡＤ」の原作・脚本・演出を手がけている。映像の世界に通じている飯田と梓の小説は、読んでいるのでなく、見ているという感覚に陥ってしまう。きっと文章の表現方法に独自のものがあるのだろう。

「アナン、」の主人公アナンは生まれたときから人の気持ちを楽にさせることができる不思議な力があった。ホームレスの流や野良猫のバケツとともに、アナンはこの世知辛い世の中を健気に生きていく。

このアナンこそ、幼い頃に見た夢の中の自分のように思えるのである。

ぜひご一読を。そこにはきっとあなたもいるはずだから。

昭和の少年の無垢な心を魅了した「宇宙戦艦ヤマト」

二〇一九年十一月のこと。テレビ情報誌「おとなのデジタルTVナビ」に私の署名記事が掲載された。この雑誌の当時の編集長はこの私。つまり公私混同になってしまうのだが、某CS局で「宇宙戦艦ヤマト」特集を放送するというので、その番宣記事として原稿を書いたのである。だが、与えれたスペースがあまりに小さくて、かなりネーム（文章）を割愛することになってしまった。未だにそれが口惜しいので、ここに全文を載せることに。

一九七四年といえば、まだ昭和の時代。N県の片田舎で暮らす少年だった私の日曜夜の楽しみといえば、「宇宙戦艦ヤマト」だった。たしか夜七時からのスタート、七時半からは「猿の軍団」が放送されていた。私にとって日曜夜のこの時間帯はゴールデンタイムどころかプラチナタイムといえるほど心浮き立つ時間帯であった。特に「宇宙戦艦ヤマト」には熱狂した。

人類滅亡まで一年、ヤマトはコスモクリーナー（放射能除去装置）を受け取りに、地球から十四万八千光年離れたイスカンダルへ旅立つ。コスモクリーナーを得たヤマトは地球に帰還。沖田艦長の「地球か、なにもかも、みな懐かしい……」のセリフが少年の無垢な心に滲みた。

しかし、ふと疑問に思うことがあった。イスカンダルへの往路は丁寧に描かれているのに、復路がなんだかずさん。最終回の一話でヤマトは十四万八千光年を飛んでしまうのだ。大人になってから知ったことだが、N県では大人気のヤマトだったが、都会ではそうでもなかったようだ。裏番組の「アルプスの少女ハイジ」「フランダースの犬」の影響で視聴率が低迷。本来の予定回数が短縮されたというのだ。しかし、「宇宙戦艦ヤマト」は再放送などで注目され、劇場映画も公開。一九七〇年代後半には社会現象を巻き起こすほどであった。

還暦を間近にした昭和の少年たちにとって「宇宙戦艦ヤマト」に与えられた勇気や希望は永遠のものだ。

クライマックスで古代進が森雪の亡骸に向かってささやくセリフ、「雪、やっと二人になれたね……」。おお、至高の愛よ！　こんなセリフはやはり若い人だから許されるのであって、今、カミさんに言ったら、波動砲級のパワーで張り倒されるだろうな、きっと。

三十三年ぶりに浮上

本棚を整理していたら変な文庫本が出てきた。

宇宙潜航艇ゼロ――。なんだこれは？

表紙はまあまあきれいなのだが本文ページはかなり焼けてしまっていた。奥付を見ると発行所は朝日ソノラマ、著者は石津嵐、一九七六年二月二十八日発行の初版本であった。

一九七六年といえば私は十代。あれから何度も引っ越しを繰り返してきたのに、荷物のどこかに深く潜航して、ずっとついてきてくれたことに深く感激した。


ストーリーはすっかり記憶の彼方。そこで読み返してみたら、初めて読むようでありながら懐かしさが込み上げてきた。

太平洋戦争末期、沖縄決戦に向かう途中で行方知れずとなる特殊小型潜水艦ゼロ。百五十年後の月世界にタイムスリップをしたゼロは、日本海軍が総力を結集して開発した武器と、月に生き残った人類のもつテクノロジーで造られた推進装置を持つ「宇宙潜航艇」として生まれ変わり、地球侵略を進める異星人に立ち向かうのであった。

おお！　まるで「宇宙戦艦ヤマト」のよう。

それもそのはず石津嵐はあの松本零士以前に「宇宙戦艦ヤマト」に関わり、小説化しているのだ。時系列は逆になるが「宇宙潜航艇ゼロ」は「宇宙戦艦ヤマト」の続編のようなノリで創られた作品なのである。

「ゼロ」を読んでいて思い出したことがあった。どこかでキャプテンハーロックが出ていたはずだと。そこで調べてみるとキャプテンハーロックはヤマトの主人公・古代進の兄、守であったという件（くだり）が石津版「宇宙戦艦ヤマト」にあるのだという。

おお！　そうそう、そうだったと記憶が甦ってきた。これは読んだことがある……石津版「宇宙戦艦ヤマト」も我が家のどこかに潜航しているのかもしれない。

朝日ソノラマといえば、懐かしい「ソノシート」の商標権を持っていた出版社で、ソノシートは私の世代ではアニメ主題歌を覚えるための必携アイテムとして人気を博していた。

だが、会社は二〇〇七年六月に廃業。

色褪せた初版本だが、中身に詰まった夢やロマンは今もいきいきと輝いていた。

スティーブ・マックイーンの没後四十周年

二〇二〇年はスティーブ・マックイーンの没後四十周年であった。マックイーンといえば還暦世代は「拳銃無宿」がいちばん遠い記憶として甦ってくる。原っぱに集まった小汚い洟垂(はな)れ小僧たちがオモチャの拳銃をクルクル回し、「パンパン」と声を上げて弾き合っていたのは、マックイーンのガンアクションに影響されたからに違いない。「荒野の七人」でもマックイーンは洟垂れ小僧たちを魅了した。小僧たちにとって主人公はユル・ブリンナーではなくマックイーン！　ユル・ブリンナーに拳銃の扱いを指導したというのは有名なエピソードだ。

マックイーンはオートバイとレースカー狂であったという。そういえば「大脱走」でのバイクチェイスはスタントマンなしで撮影されたと聞き（実際は危険なシーンはスタントマンを使ったようですが）、あの颯爽とした姿に憧れた洟垂れ小僧たちは三輪車で暴走し、そのまま一九七〇年代後半からのバイクブーム（暴走族やミツバチ族ですね）を巻き起こしている。「栄光のル・マン」「ゲッタウェイ」「パピヨン」「タワーリング・インフェルノ」「ハンター」などの名作を残したマックイーン。少年のような澄んだ目と、はにかんだ笑顔がどの作品にも映り込んでいる。

一九八〇年十一月七日死去。〝死〟のイメージからもっとも離れていたヒーローだったため驚愕した。しかも、五十歳という若さで……。マックイーンに憧れた洟垂れ小僧たちはマックイーンを越えて還暦世代となっている。これからわれわれがマックイーン流に生きるには？　そうだな、最後は病院内を車椅子で暴走して、病院から大脱走するようなジジイになるってのは、どうかな。病院から脱走するまでもなく、間違いなく追い出されるだろうけど。

「クリミナル・マインド」のルーツは?

二〇〇五年からはじまった海外ドラマ「クリミナル・マインド　FBI行動分析課」にぞっこんだった時期がある。二〇一一年にスペンサー・リード役のマシュー・グレイ・ギュブラーとデレク・モーガン役のシェマー・ムーアが来日した際に個別インタビューをさせてもらったこともある。それ以前からこのドラマのファンであったので、二〇二〇年の最終回は涙ボロボロであった。

「クリミナル・マインド」はメンバーがかわっていくところに、日本のある刑事ドラマを思い起こさせる。

そう、石原裕次郎主演の刑事ドラマ「太陽にほえろ!」。一九七〇年代から八〇年代半ばまで一世を風靡した「太陽にほえろ!」では何人の刑事が死んだやら。

「クリミナル・マインド」が「太陽にほえろ!」と決定的に違うのは、フェードアウトしたメンバーが殉職ではないところである。「太陽にほえろ!」の刑事たちは派手な撃ち合いをしても、犯人を更生させたい気持ちが根底にあり、それによって次々と殉職した。

「クリミナル・マインド」の刑事たちにはそんな気は微塵もないので、犯人がちらりとでも逆らう気配を見せたら、ためらいなく射殺する。

「クリミナル・マインド」を見ていると、もうひとつの刑事ドラマを思い出す。

一九九五年の「沙粧妙子―最後の事件―」。浅野温子主演のこのドラマはかつて犯罪心理分析から犯人像に迫るプロファイリングチームに籍を置いていた女刑事が主人公。浅野温子が凄味のある演技を見せたが、私にとってもっとも印象的だったのが美しく、そしておそろしく冷血な殺人者を演じた柏原崇だった。その演技に気圧（けお）された私は、柏原は松田優作のような役者になれると惚れ込んだものであった。

刑事ドラマといえば、これも私的な傑作が一九九二年の「眠れない夜をかぞえて」。田中美佐子主演のこのドラマは過去の事件がトラウマとなったまま警察官になったヒロインの葛藤を描いたもの。三田村邦彦演じる狂気を秘めた刑事とのクライマックスはなんともやるせなく、高橋真梨子が歌う主題歌「はがゆい唇」の哀切なメロディーがぴったりとハマったドラマだった。

「太陽にほえろ！」は複数の脚本家が書いたが、その中の一人が鎌田敏夫である。その鎌田は「眠れない夜をかぞえて」も執筆。「沙粧妙子―最後の事件―」の脚本は豊川悦司と武田真治が超能力兄弟を演じて話題となった「ＮＩＧＨＴ　ＨＥＡＤ」の飯田譲治である。

もしかして「クリミナル・マインド」のルーツは日本の刑事ドラマと勝手に分析していたところ、某事情通から冷水を浴びせられた。

「羊たちの沈黙」があるだろ――。

一九九〇年の「羊たちの沈黙」の原作者はトマス・ハリス。大衆の前に姿を現すことがなく、非常に謎の多い人物であるとか。三十年の作家生活で書き上げた五作の作品（「ブラック・サンデー」「レッド・ドラゴン」「羊たちの沈黙」「ハンニバル」「ハンニバル・ライジング」）はすべて映画化されている。

なるほど、ここが原点であったか。

ところで大団円だと思っていた「クリミナル・マインド」だがいつの間にか新シーズンがスタートし、ディズニープラスで配信されている。あの涙を返してくれといいたいが、それでもまた見てしまうだろう。私を行動分析するとわりと安易に流されるタイプのようである。

半村良の「晴れた空」

不思議なことだが数年のサイクルで（いわゆる忘れた頃）、読み返す本がある。もう何度も読んで、そのたびに涙を流す。そして読み終わるのは、いつも三月十日前後。そのときになって、そうだ、かつて東京大空襲があったのだ、と思い至るのある。

ところで、「あなたにとってベスト3の感涙小説は？」と聞かれたらなんと答えるか。私は何位とは断言できないが、ベスト3には必ず入れる小説として半村良の「晴れた空」を挙げている。「え〜、はんむらりょおぉ〜」と思う人もいるだろう。SF作家、「戦国自衛隊」で有名な方だから、〝感涙〟のイメージではなく、ドンパチではと思う人は多いはず。しかし、ぜひご一読を！　この小説を読んで涙を流さない人は人間ではないと私は思っている。そして、冒頭に記した数年のサイクルで読み返す小説が「晴れた空」なのである。

一九四五年三月十日、東京はアメリカ軍B29編隊から落とされた焼夷弾で焼け尽くされた。目の前で家や親兄弟が焼かれるのを見ながら生き残った少年たち、わけありの作戦で戦死した軍人の妻子、国土を守れなかったことに自責の念を抱く特攻隊員が織りなす人間模様を描いた小説である。

読んだ人には「あなたはどの登場人物が好きですか？」と聞きたくなる。級長？　飴屋？　バアちゃん？　ルスバン？　カミカゼ英治？　お母さん？……たぶん、読んだ人となら、それだけで一時間や二時間は話が盛り上がるだろう。そして、結末を思い浮かべて、ちょっと涙ぐむことになる。

私が「晴れた空」をはじめて読んだのは一九九四年のこと。その頃、「船の旅」という雑誌の取材で赤道直下のジャワ海を船旅していて不可解な経験をした。

深夜、寝つけないのでキャビンを出てデッキへ。なにせ赤道直下だから、夜中でも寒くない。昼間の熱を放出しきった夜の潮風が実に爽やかだった。ここからは南十字星が見られるということを聞いていたので、デッキチェアに寝そべって星を数えていた。すると、その星の合間から人が現れたのである。ぼんやりとして年齢は不詳。だがクルーズを楽しまれるような方だから、こちらよりは社会的な立場は上であるはず。実際、なんだか超然とした雰囲気のその男の人が話しかけてきた。

「こんな夜中になにをしてるの？」

「いえ、なにも。南十字星を探そうかと……」

「そう。南十字星はあっちのほうだね」

「ああ、本当だ。星が十字に並んでますね」

「ところで、そこにある本は？」

私はテーブルの上に「晴れた空」を置いていた。

「半村良の『晴れた空』です。戦災孤児の物語で泣けてしまいました。感動作ですよ」

「ほお、そうかい。どんなところに感動したのかね？」

どんなところ、と聞かれて、私は戸惑った。なんだか理屈っぽそうな人だし、下手なことは言わないほうがいいだろう。そう思うと、言葉遣いも妙な具合になり、「われわれの祖先が太平洋戦争でいかに苦労をされ、そして今のこの平和を築いたのかが……」と言ったところで、その人は大きな声で笑いだした。

「ハハハ……祖先にされちまったか」

そして、その人はデッキの闇の中に去っていったのである。

笑われたことには、私も苦笑した。たしかに「祖先」はなかっただろう。五十年ほど前のことで、その戦争を体験した方（親や祖父母の世代）とは同じ空気を吸っているわけだから。でも、「されちまった」には少し違和感を覚えた。

翌日は下船日。その男の人に会ったら「祖先」は訂正しようと考えていた。日本人がそれほど乗船しているわけでない船の上で、不意に日本語で声をかけられて、しかも「晴れた空」を知っている人に会えたことが嬉しくもあったので、こちらから見つけて声をかけようと思っていた。ところがそれほど大きな客船でもないのに、その日本人を見つけることはできなかった。

ジャワ海は素晴らしい海域だった。紺碧の海、燃えるような夕日、きらめく星々、そして真っ青な空。その美しさは世界でも屈指であろうと、個人的には思っている。

その海でかつて日本軍とアメリカ軍との熾烈な海戦があったことを知ったのは、ずいぶん時間が経ってからであった。

夢のあと

自慢ではないが（自慢か？）、日本にある名立たるテーマパークはすべて制覇している。志摩スペイン村、ハウステンボス、ＵＳＪ、東京ディズニーランドにディズニーシー。すべてお仕事、取材でアトラクションを楽しませてもらい、パーク内のリゾートホテルに宿泊している。

どれもこれも素晴らしいテーマパークで（経営危機に陥ったところもありますが）、記事を書くのにも熱が入ったものだが、実は私にはどうしても忘れられないテーマパークがある。しかし、そのテーマパークのことは書く機会ついに訪れなかった。それは二〇〇六年八月三十一日、子供たちの夏休みの終わる日に閉園した奈良ドリームランド――。

今は湘南・大磯の片隅で暮らす私だが、子供の頃は親の転勤で地方を転々としていた。ピッカピカの小学一年生の頃に住んでいたのが奈良県だった。

もちろん東京ディズニーランドなどない時代。しかし、絵本やアニメでミッキーやバンビ、ピノキオにどっぷり浸かっていただけに、まだ見ぬ「ディズニーランド」には大きな憧れを抱いたもの。

たまたま（親にとっては必然だったのでしょうけど）奈良に住むことになり、純粋無垢な子供心はディズニーランドを模した「奈良ドリームランド」に向けられることに。

私が親に連れられドリームランドを訪ねたのは開園から五、六年経った頃で、おそらくドリームランドの最盛期。けっこう人で賑わっていたことを記憶している（ドリームランドは最盛期には年間百六十万人の入場者があったということです）。

いろんなアトラクションを楽しんだはずなのだが、どういうわけか覚えているのが〝回転する部屋〟。丸い部屋に入り、壁に背をつけて待機。その丸い部屋が回転しはじめると壁についた背中は離れなくなり（遠心力ですね）、そして、だんだん体が浮き上がる（背は壁についたまま）というもの。

もちろんジェットコースターもあっただろうに、屋外のアトラクションでなく、屋内のしかも密閉される空間になるアトラクションを覚えているなんて、私はかなり根の暗い少年だったようだ。

実は奈良ドリームランドが閉園したということは、まったく知らなかった。

長い間、奈良ドリームランドは廃墟になっていたようだ（現在は更地になっているとか）。夢は覚めるもの。夢は覚めればそれでお仕舞いだけど、現実にあったものは〝冷めたまま〟の姿を晒（さら）すことに。

こういうことはなにもテーマパークに限ったことではなく、人が人生で成したことにも通じるのかもしれない。

ところで奈良ドリームランドでの写真を探してみたところ、見つけたのが一九六三年に「後楽園ゆうえんち」で撮られた写真。当時の記憶はないが〝夢のはじまり〟といえる無垢な表情を浮かべている。昔の光今いずこ。

侮れない児童文学

我が家の仕事部屋の私のデスクは本や雑誌、資料の紙の束、プリントアウトした原稿で埋もれている。ときどき整理するのだが、根が不精だからなかなか片づかない。きのうは「ま、いいか」というレベルまで整理したのだが、紙の束の下から本が出てきた。「ルドルフとイッパイアッテナ」。なんだ、これは？　児童文学は私の趣味ではない。

どうやらカミさんが私のデスクに置いていったもののようだ。どういう意図で置いていったのかはわからないが、数カ月は紙の束の下で放置されていたように思う。「ルドルフとイッパイアッテナ」は、簡単にいえば「野良猫物語」。暇に任せてページをめくってみると止まらなくなった。良くできた話である。最後には「ドラえもん」や「忠臣蔵」という言葉まで出てくる。もともと児童文学には興味はないのだが、こういうノリで物語を作るのもありなんだと目から鱗のような気分になった。

そして、「あとがき」。なになに、家の中に汚らしい紙の束があり、なにかと思っていたら紙の束を置いていった友人から電話があり、それは〝猫の自伝〟だと言う。「紙のたばをほどいてみると、新聞のおりこみ広告の裏や、ちぎったノート、それからデパートの紙に、大小さまざまな大きさの字で書かれた原稿が出てきました。そうです。それがこの本になったのです」

メルヘンチックなエピソードは〝猫の足跡〟のように思えた。
児童文学の世界から現実の世界に戻ったとき、ふと思った。折り込み広告の裏に書いたイタズラ書きに創作の原点があるのではないか、と。

私の世代は折り込み広告の裏の白紙は夢を描くキャンバスであった。
「ルドルフとイッパイアッテナ」は子供たちにはメルヘンなのだろうけど、大人にはノスタルジックなもの。なかなか奥の深い〝児童文学〟である。

時代の壁を突き抜けた浮谷東次郎

浮谷東次郎という方をご存じだろうか。私が東次郎の名前を覚えたのは「少年ジャンプ」に連載されていた村上もとか画の「燃えて走れ！」がきっかけである。連載は一九七二年のことだから五十年も前のことである。その後、「ヤングジャンプ」の「栄光なき天才たち」シリーズの中でも東次郎は取り上げられる。こちらは一九九〇年のコミックが我が家の本棚に収まっている。

浮谷東次郎は千葉県市川市出身のレーサーである。私が編集していた文学通信紙「総国(ふさのくに)逍遥」に東次郎を載せたくて東次郎の生家があった市川市や東次郎の愛車だったバイクが展示していた車のテーマパーク「メガウェブ」を訪ねている。

なぜにレーサーを文学通信紙に？　それにはちゃんと理由がある。

まずは東次郎の経歴から。

一九四二年七月十六日生まれ。名門両国高校から東大へという人生設計を描いていた東次郎少年は、高校卒業を前に中退。ほぼ独力でアメリカにわたり、放浪の旅の末、一九六三年に帰国。トヨタにレーシングドライバーの志願書を提出し、翌年、第二回日本グランプリでデビューを果たした。一九六五年、船橋サーキットで開催された第一回全日本自動車クラブ選手権レース大会で二レースに出場した彼はその両方で優勝。特にトヨタＳ８００で出場したレースではライバル車との接触というアクシデントで、3位から16位に順位を落としながらも、鬼神のような走りをみせて優勝を果たした。市川市出身の若者、浮谷東次郎が日本レース界の寵児（ちょうじ）となった瞬間であった。

高校中退、アメリカでの放浪、そしてレース界への進出も、常識的にはありえない時代であった。国内は高度成長経済期を背景とした集団就職の時代、海外旅行も業務渡航や留学だけに限られていた。東次郎は時代の壁を突き抜けていた。彼は少年時代にも偉業を成し遂げている。一九五七年、中学三年生の夏休みに50ccのバイクで市川―大阪往復千五百キロメートル走破の旅に挑んでいる。現在は東名・名神高速があり、また国道も整備されているため大阪までの往復を冒険のようには思わないだろうが、当時は国道1号線ですら未舗装路があり、肝心のバイクも現在と違い性能には大きな不安があった。十五歳の少年にとっては、まさに大冒険であったに違いない。

翌年、東次郎はその旅の模様を私家本「がむしゃら１５００キロ」としてまとめている。ツーリングという外に向けた挑戦を、創作という内面への挑戦に転化させたのである。

この「がむしゃら１５００キロ」の描写が興味深い。

湘南・江の島――

さて藤沢の四辻であるが、そこを左に折れて、少し遠廻りではあるが江の島海岸道路を通ることにした。時刻は六時十五分か十分前、それなのに、海水着にアロハ姿の男女がちらほら出歩き、店もそろそろ開き始めているのには驚かされた。

浜名湖――

地図で見ても、海と浜名湖とはつながっているように書かれているし、実物も確かに海とつながっている。こいつは湖ではない。インチキだと思う。いや確かにインチキだ。しかし、浜名湖という地名が変わろうはずはない。

大阪――

いよいよ天守閣にはいった。そうして、大阪城にきてから三度目の、かんしゃくを起こした。大阪城は建てなおした城だ。少々、貫禄がなくなるのは、しかたがない。しかし、少しでも、威厳をつけようとして城を建てなおさなければならないと思う。それなのに、この大阪城ときたら、まるでペンキをてかてかにぬった、外人の家のような感じだ。

兵庫・神戸――

神戸港は、横浜港より、どうも国際的なにおいが強いように感じられた。暴力団や、ギャングの巣、暗黒街、大貿易湊に付き物なものは、なにからなにまでキチンとそろっているように思えた。無気味で、男らしくて、おっかない所だった。

繰り返すようだが、この描写はプロの作家のものではない。敗戦の荒廃から復興の時代にさしかかった時代の中学生の目に映った日本を、十六歳の高校生が綴ったものだ。現代につながる社会の原点が脳裏に浮かんでくる。無事故・無故障の東次郎の旅は八日目に家族に迎えられて終わる。「あたたかみがあふれて、淡くて、さわやかで、しっくりと胸にくる気持ちだった」と感慨に浸る東次郎。この時代こそが日本が物心ともに最も豊かであったのではないかという気にさせられる。

「がむしゃら1500キロ」を書き上げた七年後、船橋サーキットで奇跡の走りを見せた浮谷東次郎。しかし、そのわずか一カ月後、悲劇が彼を襲う。三重県の鈴鹿サーキットで練習中、コースを歩いていた人を避けようとして水銀灯に激突し、脳内出血で死亡する。二十三年の人生を駆け抜けた東次郎。挑戦者としてあったもうひとつの資質と前途は今も惜しまれる。

島田清次郎の詩

詩というものにハマった（というほどのめりこんだわけではないですが）のは、ずいぶん前のことである。

高校時代は鞄の中に意味もなく「中原中也詩集」を入れてみたりしたのだが、そういうのは女の子にモテたいエセ文学少年の正しい一面であったような気がする。

中原中也の詩といえば「思えば遠くへ来たもんだ」や「汚れつちまつた悲しみに」を思い出す。前者は一九八〇年に武田鉄矢主演で映画化（主題歌を海援隊が歌いました）、後者は一九九〇年に三上博史主演でドラマ化されている。

中原中也は一九三七年十月二十二日に結核性脳膜炎のため死去。わずか三十年の生涯であった。

早世の天才作家といえば島田清次郎がいる。

大正期、自伝的小説「地上」がベストセラーに。アメリカではカルビン・クーリッジ大統領、イギリスでは〝SFの父〟といわれたハーバート・ジョージ・ウェルズと面会、国際ペンクラブにおいて日本人初の会員になっている。

輝かしい業績がありながら、島清（そう呼ばれていたそうです）は日本文学史から抹殺されたといわれる。たしかに島清を知っている人は少ないように思える。それは自らが「精神界の帝王」「人類の征服者」と称した傲慢さがゆえ、当時の文壇に嫌われたためである。

島田清次郎——早発性痴呆（統合失調症）で精神病院に収容され、肺結核で一九三〇年四月二十九日に死去。こちらも三十一年という短い生涯であった。

わたしには信仰がない。
わたしは昨日昇天した風船である。
誰れがわたしの行方を知つてゐよう
私は故郷を持たないのだ
私は太陽に接近する。
失はれた人生への熱意——
失はれた生への標的——

でも太陽に接近する私の赤い風船は
なんと明るいペシミストではないか。

（「明るいペシミストの唄」／「文芸ビルデング」一九二九年十月号掲載）

島清のこの詩は、どういうわけか中也の詩を連想してしまう。胸がキュンとするような切なさを覚える。

早世の天才作家が残した文章は、今の日本に生きる者にとってこそ、しっくりとくる「言の葉」の羅列のように思えるのである。

浅田次郎という作家

芥川龍之介はドッペルゲンガー（生きている人間の霊的な生き写し）を意識していた作家で知られている。

だが、作家という商売を生業としている人は多かれ少なかれドッペルゲンガーと縁があるのではないか……。

浅田次郎著の「あやし　うらめし　あな　かなし」を読んで、そんな気になった。

「あやし　うらめし　あな　かなし」は現代の怪談といえる八作の短編からなる。その中のひとつ「虫篝」は事業に失敗した主人公が家族とともに移り住んだ片田舎での奇譚。その地にかつて事業を成功させていた頃の主人公にそっくりの〝パパもどき〟が現れ（主人公は会うことはないのだが、彼の家族や近所の住民が目撃する）、最後は〝パパもどき〟に妻子を連れ去られるという話である。

この本のタイトル（あやし　うらめし　あな　かなし）がぴったりとはまる物語なのだが、その創作について巻末の「特別インタビュー・創作秘話と自作解説」で浅田さんは興味深い話をしている（余談ですが、この特別インタビューは文庫版だけの寄稿文です）。

これにはヒントになった実体験がありましてね。商売に失敗して非常に貧乏したときがあって、夜逃げ同然で東京郊外の辺鄙（へんぴ）な土地に隠れていたことがあるんですよ、梨畑の中の一軒家に。僕自身は精神的にめちゃくちゃ疲弊しているわけです、借金を抱えて、先の展開もなく……そのときにね、僕とそっくりな人がいると家族がみんな言いだした。本当に「パパもどき」って呼ばれてたのよ（笑）。僕自身は見たことがなかったんだけど、それ聞いてとても怖い感じがしてね。そういう苦労をしている時期だから、自分の魂が抜けて知らないうちに何かやってるんじゃないかとか、もう一人の自分がうろうろしてるような、ヘンな感じがした。それがヒントになっているんです。

浅田さんらしい砕けたコメントであるから、そこに切迫感はない。だが、これは本当は怖い話であって、もしかすると「作家・浅田次郎」は〝もどき（ドッペルゲンガー）〟のほうではないかとも思わせる。さまざまなジャンルの本を書き上げている浅田さんである。〝もどき〟がいるのなら、絶対に一人ではないし、常に入れ替わっているような気がする。

続・浅田次郎という作家

実は私は浅田次郎作品の熱烈なファンである。

浅田さんとは面識はないのだが、縁はあった。

私が編集長を務めていた雑誌において浅田さんのインタビュー記事とエッセイを掲載したことがある。本当にマイナーな雑誌で、おそらく十中八九は知らないだろう雑誌に直木賞作家の浅田さんを起用できたことは編集者冥利に尽きることであった。しかし、どういうわけか浅田さんと面会する機会には恵まれなかった。そんな待望の機会があるときに限って、なぜか外せない用件が発生してしまうのである（間の悪い男なのです）。

本当にマイナーな雑誌で、せっかくの浅田さんの記事があまり知られていないのが今でも心残りである。そこでその記事の一部を抜粋してここで紹介する。

「この小説は、自分の使命感として書かなければならなかったものです。というのも、ここ百年の歴史が、教育の現場であまり教えられていない気がしますね。特に弥勒丸の時代になると、若い人は戦争について教えてもらってないから知らない。当時を体験した人でさえも大本営の発表だけを信じ、本当のことは知らないんじゃないかな。葬り去られた歴史を知ってほしい。歴史を学ぶということは、今の自分の座標を確認すること。なぜ豊かな生活ができるのか、あるいはどうしてこんなに苦労しているのかといった、この現実社会のあり方を確認するために、歴史は学ぶものだと思う」

「先のイラク戦争では人命のことばかりが言われていましたね。もちろん人命も大切だけれど、イラクはメソポタミアという人類文明の発祥の地であって、あの空爆でどれだけ貴重な文化財が失われたかということは、ほとんど報道されていない。ぼくは、それは恐ろしいことだと思うね。人類が何千年にもわたって築き上げてきた文化の結実というものが、我々の生きているこの時間の一瞬でなくなってしまうんだから。破壊というものがどういう大きな意味をもつのか。言ってみれば人類の歴史に対して、どのくらい無責任なことか認識しなければならないと思う」

（「船の旅」二〇〇四年二月号／インタビュー「作家が語る客船ロマン」から）

その後、船を主人公にした小説を二つ書いた。

ひとつは戦時中のいわゆる阿波丸事件をモデライズした、「シェエラザード」である。

戦前の日本が世界に冠たる海運王国であったということを、知る人は少ない。あれだけの海軍力と建艦技術を誇っていたのであるから、それなりの豪華客船を持っていたのも当然である。しかしそれらはみな、唯一横浜港に繋留されている氷川丸を残して、戦争の犠牲になってしまった。国家総動員法によってすべての客船が軍に徴用せられ、海の藻屑と消えてしまったのである。

かつて日本郵船太平洋航路のエースである浅間丸と龍田丸の雄姿は、残された写真を見ても溜息が出るほど美しい。しかし浅間丸は昭和十九年十一月一日に南シナ海で、龍田丸は横須賀軍港からトラック基地に向かう太平洋上で、ともに米潜水艦の雷撃を受けて沈んでしまった。また、当時最大級の鎌倉丸はフィリピン海域で、ぶらじる丸はトラック島北西で、新田丸や八幡丸に至っては航空母艦に改装されたあげくに、それぞれ「沖鷹」「雲鷹」という軍艦名まで付けられて戦の犠牲となった。

平和の象徴たる客船の、あまりにも理不尽な最後である。尊い人命とともに、かけがえのない文化まで滅ぼしてしまう戦というものの愚かさを、私はこの長い小説に書いたつもりである。

（ムック「歴史航海」二〇〇四年四月発行／エッセイ「いつかデッキで」から）

クルーズの専門雑誌において浅田さんにアプローチしたのは「シェエラザード」という小説を著していたためであった。雑誌「船の旅」は休刊になり、ムック「歴史航海」は完売したが残念ながら重版はしていない。つまり今となっては浅田さんの記事の全文を読むには国会図書館にでも行くしかないのである。こういう作家からのメッセージや自著にこめられたエピソードをもっともっと知ってもらいたい。マイナーな雑誌でも作家からの貴重なメッセージが残っている場合もあるのだから。

このような記事は社会的な意義も高いし、自己啓発において宝物にもなるはず。そしてなによりも「浅田次郎の言葉」のブランド力はすごい。こんな短い抜粋の文章でさえ輝きを放っているように思えるのだ。

さて、宝物を見つけに、メトロに乗って神保町にでも行こうか。

関西弁のインドの神

「あんたの関西弁、おかしいで。これ読んで勉強しいや」

カミさんからそう言われて、渡された本が「夢をかなえるゾウ」であった。

「勉強」が嫌いなので、ほっぽらかしたままだったのだが、表紙に描かれたへんてこなゾウが「はよ、読まんかい」とせっついているような気がしてページをめくってみた。

単純に面白かった。あっという間に読み終えてしまった。

怠惰な生活を送っている、どこにでもいるような普通のサラリーマンの前に現れたインドの大衆神ガネーシャ。若きサラリーマンは生き方を変えたいと願っていて、その願いを叶えるための課題をガネーシャは次々と出していく（インドの神なのにガネーシャは関西弁を流暢（りゅうちょう）に操るのだ）。

人生の勝者になるためのハウツー本ともいえるのだが、ガネーシャの出す課題というのが「靴をみがく」「腹八分目」「会った人を笑わせる」「トイレを掃除する」「まっすぐ帰宅する」等々、決して目新しいことではなく、ごく当たり前のこと。それが新鮮に聞こえる（読める）から不思議である。

この本を読んで「よっしゃ！」という気になった人は少なからずいるような気がした。

小林多喜二の「蟹工船」が若者たちの間で見直されている時代である。その対極にありそうな著書だが、それは時代的な背景だけで、夢が埋没してしまっている社会において「夢をかなえるゾウ」は正義のヒーローにもなりえる。

そういう社会において自分を変えるポイントはふたつ。他人を幸せにすることを発想の原点とする。そして、具体的に行動する。

そうすれば自ずと道は開けるということではないか。

ふと思い当たった。カミさんがこの本を渡したわけ。関西弁の勉強ではなく、私の自己啓発のためではないのか。そういえば関西弁だし……もしかしてカミさんの正体はガネーシャ？

湘南逍遥

「湘南逍遥」は私が二〇〇九年一月からはじめた個人ブログ。好きなことを書き散らしたもので、便利屋ライターとしての日頃の鬱憤を文章によって晴らしてきた。まさに毒を以て毒を制す、である。膨大な数の記事の中から私の地元である湘南エリアの情報をピックアップ。有名どころはガイドブックに任せて、独断と偏見によるマイナーなスポットを紹介。

湘南に梟

我が家は湘南・大磯にあるが、大磯といってもそこそこ広い。年配の方からは「良いところですね」と言われたりするが、それは政治家の別荘地であったことや、有名なリゾートホテルがあることでの印象ではないだろうか。

大磯は国道1号線を挟んで海側と山側に大別されるが、我が家は山側も山側。ハザードマップでは真っ赤に塗られた場所にある。すぐ裏が山で、そこは獣たちのテリトリーとなっている。

裏山には木の洞があり、そこに狸の一家が棲みついたことがある。人家に近づきすぎたのか、親狸が疥癬(かいせん)にかかり、皮膚が悲惨な状態になってしまった。治療をしてあげたくても、そこは野生の動物。近づくこともままならないでいたが、いつの間にか狸一家は姿を消してしまった。

ちょっと山に入ると動物駆除用の捕獲器が仕かけてあるのだが、その大きさから推測するに捕らえようとしているのは猿か猪かと思われる。近所の住人によれば、すぐ裏手に竹林があって「タケノコを食べに猪が山を下りてくる」ということであった。

西湘バイパスには「動物注意」の標識があるが、そういえばバイパス沿いの酒匂(さかわ)川河口に鹿が現れたことがニュースで取り上げられたことがある。酒匂川は近所ではないが、山はどこかでつながっているであろうから、このあたりに鹿が出てもおかしくはないだろう。

五月某日、庭で七輪バーベキューをした。花粉症も収束して、爽やかな夜風にあたりながらの食事は格別であった。ふと気がつくと闇に包まれた裏山から「ほ～ほ～」という声。野鳥の楽園でもある裏山だが、この声は初めてであり、もしかして「梟？」とカミさんに聞くと、「そうかも」と。

お隣に住む画家の奥さんが「このあたりには梟がいる」と言っていたのを思い出した。この地に住みはじめて三十年ほど経つが、初の梟体験に、海だけではない大磯の奥深さをあらためて実感した。

鈍色の光の中で

六月某日。きのうは都内からの帰りがちょうど雷雨の間隙となり、しっとりとした空気の中を歩いた。

闇に包まれようとしている時刻、山の木々が雨に濡れて鈍色（にびいろ）に輝くさまはなんとなく物悲しかった。

我が家はその山の麓。

湘南・大磯に住んで三十年以上が経つが、この場所に家を建てたのは二〇〇二年であった。歩きながら山を眺めていたら、ふとその頃のことを思い出した。

我が家には猫の額ほどだが庭がある。どういうわけか、その庭を蟹が歩いていた。最初はご近所の水槽から逃げた蟹かと思っていた。ところがその数が普通ではなかった。ある日、雨水桝を覗（のぞ）いてみると蟹がファミリーで棲んでいたのである。

我が家が建つ前は、この場所は幼稚園だったそうだ。

それゆえに蟹……という推理はまったく成り立たない。そこで以前から住んでいたご近所さんに聞くと、その幼稚園のあった場所はもともと小川が流れていたのだという。それも山から注いでいたのだとか。山の上に巨大な貯水槽を埋めた公園ができたため、その小川はずいぶん前になくなったということだった。

ここの土地の登記簿の地名は二種類あって、ひとつが「滝ノ沢」（その地名は現在は大磯町からはなくなっています）。

幼稚園があった以前のこの土地の姿が脳裏に浮かぶ。蟹こそがこの土地の住人だったのに違いない。沢蟹の棲む〝滝ノ沢〟にはきっと蛍もいただろう。今は蟹も蛍もいないけど、もう少し季節が進むとカブトムシやクワガタを玄関先の灯りの下で見つけることがある。

小動物にとって楽園だった場所に住むことの罪深さを、きのうのような日にはじんわりと感じてしまう。蟹は二〇〇五年頃まで庭に出没していたが、今はまったく見かけなくなった。

人はこの星の環境に弊害をなす動物だと実感する。だからといってここを〝滝ノ沢〟に戻すこともできない。できることは、この土地で見る日々の風景や、小動物の生態をしっかりこの目で見届けていくことくらいである。

旧島崎藤村邸―静の草屋―

神奈川県中郡大磯町には国道1号線沿いに「湘南発祥之地」の石碑があるが、そこからJR東海道線方面への路地に入ると三分ほどのところに「旧島崎藤村邸―静の草屋―」がある。

「破戒」「春」などで知られる自然主義作家の島崎藤村は一九四一年二月から大磯で生活を始めた。

太平洋戦争の開戦に備え、「事変のため六十五歳以上のものは、万一の場合帝都を去れ」という布告があったことがその一因とされている。

大磯を訪れた六十九歳の島崎藤村は次のようなメモを残している。

「大磯に家を借り受けておくことを思ひ立つ、
大磯は温暖の地にて身を養うによし、
時に仕事を携えて、
かの海岸に赴くこととす、

余にふさわしい閑居なり。」

大磯の藤村邸は母屋は和室六畳、居間八畳、書斎四畳半とそんなに広くない。翌年、藤村は八畳と三畳の部屋のあった離れとともにこの邸宅を購入して、「東方の門」の執筆に取りかかる。

一九四三年八月二十一日、藤村は脳溢血のため倒れ、「涼しい風だね」の言葉を最後に昏睡状態に陥り、翌二十二日、二年半余りの大磯での生活を最後に七十一歳の生涯を閉じる。

今の島崎藤村邸は普通の民家が並ぶ中のありふれた一軒家という趣き。ただ門をくぐると、居ずまいを正したくなる厳粛な空気が漂っているように思える。しかし、それは錯覚で、この家が島崎藤村という文壇の偉人の「竟の棲家」であるということが、そういう気持ちにさせるのかもしれない。

当時の町並みや暮らしを想像しながら藤村の生活を思慮することが大切である思う。

「旧島崎藤村邸」の案内文から——

「この藤村邸は通常の貸家というよりは、別荘等に使用する目的で大正後期から昭和初期にかけて建築されたものと推察され、当時周辺には同じような貸家が数軒存在しており、この一帯を地元では『町屋園』と称していました」

やはり、ここは特別な場所であったようだ。そして、藤村もここでの生活に満足していたのではないだろうか。

島崎静子（藤村夫人）は著書「ひとすじのみち―藤村とともに―」で次のように記している。

「ふたりとも、この世のご奉公がすんだら、大磯の松籟（しょうらい）の音を一緒に聞こうじゃないか。」

「……」

「永久に聞こうじゃないか……」

「その時こそ、ホームをつくろうじゃないか。」

「松籟」とは松に吹く風が立てる音。晩年の藤村の心情が表れている件（くだり）だ。

ところで、この「旧島崎藤村邸」は入場料も拝観料もとらない。無料なのに、親切なガイドさんが丁寧に藤村邸の所以を説明してくれる。

保存するのも大変だろうし、せめて募金箱でも置いてくれれば――ケチな私がそんなことを思うのだから、やっぱりここは特別な場所なのだろう。

ちなみに藤村の遺体は大磯の地福寺に埋葬された。のちに一九七三年に亡くなった静子夫人の墓も並んでいる。静子夫人はクリスチャンであったようだが、彼女の遺言に従ったようだ。彼女はここで夫とともに大磯の松籟を聞いているのか……。

地福寺は八三七年創建の古刹。こちらもぜひ立ち寄っていただきたい。

明治天皇観漁記念碑

どうもよくわからない。我が家は大磯の山側にあり、もちろん山に入っていく道もすぐ近くにある。徒歩で二十分ほど山道をあがった、そのどん詰まりに記念碑があるのだ。刻まれている文字は「明治天皇観漁記念碑」。

ええ、なにゆえこんな場所に明治大帝！　と驚いたのなんの。

皇族関係の記念碑といえば、あだやおろそかにはできないもの。しかし、なぜこの記念碑は人が通うことがほとんどないような名もなき山の頂にあるのか？　その近くには猪を捕獲する檻まであるし、このアンバランスな配置には目を疑うばかりであった。

さらに驚いたのはこの記念碑に「従四位勲二等安田善次郎建之併書碑陰」「大正七年十月吉祥日」と刻まれていること。安田善次郎といえば安田財閥の創始者。実は安田善次郎は大磯に広大な別邸「寿楽庵」を構えていた（今でも年に数回だけ特別公開されているようです）。その安田善次郎が自身の別邸の近くの山の上に建てたのであるから相当に由緒がある記念碑のはず。それなのにガイドブックでその案内を見たことがない。

　なんだか置き去りにされた場所のようで（大正期はともかく令和の世では樹木も高く生い茂り、〝観漁〟するのに適した場所とは思えません）、明治大帝には気の毒なのだが、ここは本当に長閑（のどか）で、私のお気に入りの場所となってしまった。置き去りにされた場所は時間の進み方も違うような気がする。

　とはいえ、この記念碑の起源はやはり気になる。ご存じの方はぜひ教えてくだされ。

横須賀・太田和の躑躅燃ゆ

一九七六年に「高原へいらっしゃい」というドラマがあった。田宮二郎演じるホテルの支配人が凄腕のスタッフをスカウトして、傾きかけたホテルを建て直すために奔走する物語であった。

支配人はオーナーに決められた期限内に再建の目途が立たなくなり苦悩していくが……結末はハッピーエンド！　最後は八ヶ岳のホテルにたくさんのお客さんが訪れるが、ホテルまでの沿道や庭が躑躅で埋め尽くされる「躑躅燃ゆ」という美しいラストシーンであった。

ドラマでは「八ヶ岳高原ホテル」という名称であったが、収録には実際に営業をしていたホテルが使われていた。「八ヶ岳高原ヒュッテ」といい、私はそのホテルをその後、何度か訪ねているが、ドラマの最後のシーンのように〝躑躅燃ゆ〟という季節の中でのホテルは未だに見てはいない。

個人ブログ「湘南逍遥」をやりはじめて知り合った「湘南雑筆堂」さんのブログを読ん

で、どうにも気がそぞろになる場所ができてしまった。

横須賀・太田和のつつじの丘である。実はこの場所を私は知らなかった。だが、「湘南雑筆堂」さんの写真を見て、「高原へいらっしゃい」の名場面が鮮やかに甦ってしまったのである。

これはもう行くしかあるまい。

そこで横須賀・太田和へ〝いらっしゃい〟してきた。

横須賀市の観光案内では「五月上旬が見ごろ」と紹介されている。訪れたのは四月の下旬だったが、「見事！」の一言に尽きた。

「清流復活」が進む平塚・河内川

湘南・平塚市の旭北地区を流れる金目川支流の河内川。全長三・五キロメートルほどの河川である。

どこにでもある小さな川なのだが、梅雨の季節になると様相が一変する。川の両岸に植えられた紫陽花の花が満開となり、川を鮮やかな色で埋め尽くす。

かつての河内川は、ゴミの不法投棄が多いドブ川であった。

一九九八年から市民団体が河内川の美化活動に取り組み、両岸千四百メートルにわたって、約千九百本の紫陽花を植えたとのこと。

「清流復活」を掲げた市民活動は川床に木炭六百五十キログラムを敷き詰めるというところからはじまったとか。地域住民と行政が力を合わせワークショップを設立し、紫陽花の植栽や蛍の放流、清掃作業などを行ってきた。

まさに継続は力なりである。今では紫陽花の新名所として訪れる人は少なくない。毎年六月には「河内川あじさいまつり」が開催されている。

この美しい情景は、そこに住む人の美しい心を具現化したものに違いないと、参加もしていないのに誇らしい気持ちになってしまう。

山百合咲き誇る秦野戸川公園

う〜ん、知らなんだ。近所にこんな素晴らしい公園があったとは（近所とはいっても車で一時間くらいかかりますが……）。

個人ブログ「湘南逍遥」で〝お気に入り〟に登録している「湘南ダック」さんの記事で知って以来、気もそぞろ。そこで訪ねてみることにした。

都心からでは少し遠いが、この公園はなかなかのもの。行ってみるだけの価値はある。名称は「秦野戸川公園」。一九九七年にオープンした約五十一ヘクタールの自然公園である。五十一ヘクタールといえば「東京ディズニーランド」並みの広さ。ここにはディズニーのようなアトラクションはないが、ここなら「見る」（自然観察）、「行動する」（川遊び）、「食べる」（バーベキュー）というアウトドア三要素を十分に満喫できそうだ。

シンボリックな「風の吊り橋」は全長二百六十七メートル、威風堂々の吊り橋である。個人的に楽しめたのは「見る」だった。紫陽花の咲く季節だったが、散策しているといろいろな花々が咲き乱れていた。

山百合も群生していた。山百合は発芽から開花までには少なくとも五年以上かかり、また株が古いほど、たくさんの花をつけるとか。風貌が豪華で華麗である「百合の王様」の競演は圧巻であった。

貧窮問答歌の家

低いゆがんだ家の中には，地面に藁をしいて，父母は枕のほうに，妻子は足のほうに，私を囲むようにして嘆き悲しんでいる。かまどには火の気がなく、米を蒸す器には蜘蛛の巣がはってしまい飯を炊くことも忘れてしまったようだ。

「万葉集」に収められた「貧窮問答歌」を意訳したものからの抜粋である。「貧窮問答歌」は七三一年（天平三年）に山上憶良によって書かれた。

七一〇年（和銅三年）の平城京遷都から七九四年（延暦十三年）の平安京遷都までを天平時代といい、東大寺や唐招提寺、薬師寺などが建立される一方で諸国に国分寺・国分尼寺が置かれるなど、この時代の文化は華やいでいた。

その文化の礎となったのが六四五年（大化元年）の大化の改新で出来上がった政治体制であった。政府はさまざまな施策を打ち出すが、その財源については無頓着であった。七〇一年（和銅三年）に制定された大宝律令では税の徴収について厳しい規定が設けられたため、公民（農民）はさらに疲弊する。国家安康の一大プロジェクト（盧舎那仏建設）も、実のところ公民を苦しめるだけであったといえなくはない。そのプロジェクトは七四三年（天平十五年）に布告。まさに「貧窮問答歌」の時代と重なるのである。

さて、どのくらいの〝貧窮〟であったのか？　問答歌から推し測ることは可能であるが、さらにビジュアルがほしいところ。

私は以前から奈良・平安期の庶民の暮らしはどんなものであったのか興味があった。貴族の家は現存する寝殿造でなんとなくビジュアルが想像できるのだが、下層庶民の家はどうだったのか、それを明確に伝えるビジュアルと出会ったことがなかった。

ところが思わぬところで、そのビジュアルにつながるものと出会った。神奈川県南足柄市にある天狗伝説で有名な大雄山最乗寺。その近くに「足柄森林公園　丸太の森」がある。そこにポツリと建っていた粗末な家。

「奈良時代の住居」という立て札があり、「万葉集の中の貧窮問答歌に詠まれた伏庵曲家（つぶれかかった家）もこの様な家と思われます」と解説されていた。木の杭に藁囲いしただけの粗末な作りであった。

六畳スペースを縦長にしたような感じ。天上は低く、立って歩くことはできない。つまり寝るための場所といえる。

地面に藁を敷いて寝たということだが、冬はとても耐えられそうにはない。

この世の中を身も痩せるように耐え難く思うけれども、飛んで行ってしまうこともできない。鳥ではないのだから……。

「貧窮問答歌」における諦めにも似た心境（絶望）がひしひしと伝わってくる。

小田原梅まつり

毎年二月の楽しみが「小田原梅まつり」である。この季節、三万五千本の梅の木のある小田原市の曽我梅林は仄(ほの)かな甘い香に包まれる。

私が曽我の梅林を初めて訪ねたのは前世紀の終わり頃であった。「ここは桃源郷か」と驚いた場所である。以来、毎年、梅林見物をしているのだが、人で混雑する時期を外してきたので、満開の頃は知らない。ドライブがてら少し山道をのぼったあたりから見下ろせる梅林と霊峰富士の絶景を楽しみにしている。

この場所は「国府津・曽我丘陵ウォーキングコース」になっていて、歴史的、文学的にも興味深い。

答えする　人こそなけれ　足曳きの　山彦山は嵐吹くなり（道興）
ほととぎす　鳴き鳴き飛ぶぞ　いそがわし（松尾芭蕉）

人の知る　曽我中村や　晴嵐（白雄）

雨ほろほろ　曽我中村の　田植かな（与謝蕪村）

有名な歌人、俳人が立ち寄り作品を短歌や俳句が詠まれた場所がそこかしこに。ぜひ探訪していただきたい。

寄は湘南か!?

　神奈川県生まれではない私はエセ湘南人と言われても仕方がない。ある日、私は神奈川県生まれの女性イラストレーターのYさんと〝湘南談議〟で盛り上がったことがある。

「湘南」といってもかなりの端っこに住んでいる私に、Yさんが「湘南の自然って、すごく奥深いのよね。〝やどりき〟って、とてもいいところですよね」と言う。

「やどりき？　〝やどろく〟ならここにいるけど」（〝やどりき〟を知らないのって、やっぱりエセ湘南人？　湘南人は常識的に知ってるのかと焦る）

「え！　〝やどりき〟知らないんですか」（軽蔑の眼差し）

「すみません……知りません。へんてこな地名ですね」

「〝寄る〟っている字なんだけど」

「夜？」

「違う。寄付とか寄宿とかの、〝寄る〟よ」

「寄る……なるほど」（聞いたこともない）

「ほんとうに知らないの？」（さらに軽蔑の眼差し）

「……ええ、まあ……どのあたりですか？」（焦り）

「あのね。松田町にあるのよ」

「松田!?」（どこが湘南だよ）

「あそこは、ほんとうに最高。特に夏がね」

「ふ〜ん、そうなんですか」（松田ぁ〜。どこが湘南だよぉ！）

まあ、そんなような話をしたのだが、そのあと、すっかり忘れてしまっていた。

ある夏の日にふと思い出し、訪ねてみたのである。

国道246号線を御殿場方面へ向かい蛇塚というところで県道710号線を右折して、まるで東北地方の山道のような道路をがんがんと上っていく。見上げれば山の端、眼下には谷という道路である。もうこれは地の果てかと驚いていると、急に風景が開ける、というか普通の川沿いの風景になる。

さらに走ると、県道に駐車している車の列。ずら〜っと何百メートルもつづいている。どうやら川遊びにきている人たちの車のようである。

私も駐車の列の先の先に車を停めて河原へ。さすが神奈川県生まれのYさんがお勧めする川である。ものすごく透明度があり、適度に冷たい。

過ぎゆく夏を思いっきり満喫したが、結局、「寄」はなんだったのか（これといった施設もないし、名所もなさそうだし）。どうやら「やどりき水源林」というところがあるようだが、車では入れないようだし……。でも、百パーセントの大自然はなかなか気持ちが良くて素晴らしかった。しかし……あそこもやっぱり湘南なのかと、今でも引っかかっているが。

旧相模川橋脚の奇譚

国道1号線を茅ヶ崎から平塚方面へ。相模川にかかる馬入橋の一キロメートルほど手前に〝お値段以上〟のニトリがある。そのニトリの真向かいを流れる小出川沿いに十本の木柱がニョキニョキっと地面から突き出している公園がある。いや、公園だと思っていたのだが、正式名称は国指定史跡「旧相模川橋脚」。

相模川から一キロメートルも離れた場所に、なんで橋脚？　あれ、相模川は「馬入の渡し」で知られるように昔は橋なんてなかったのでは？

いろんな疑問が頭をもたげてくる。そもそもこの橋脚が出現したのも奇譚だった。一九二三年に発生した関東大震災による液状化現象で出現したものだとか（現在目の当たりにできる橋脚は複製品です。実物は腐朽が進まないように地下数メートルのところに保存されています）。

驚くべきは、この橋脚は江戸期のシロモノではなく、鎌倉期のものということ。つまり江戸期には相模川に橋はなかったけれど、それから四百年もさかのぼると橋があったということ。しかも、相模川の位置も現在とは異なることが判明。

この橋は一一九八年に源頼朝の家来であった稲毛重成が亡き妻（頼朝の妻・北条政子の妹）の供養のために架けた大橋ということのよう。

さて、またまた奇譚。この橋の竣工式に出席した源頼朝は、その帰りに馬が暴れて落馬、そのときの怪我が原因で死亡したという説がある。馬が暴れたのは平家の亡霊に驚いたためだとか。そして警護に当たった武士十人が責任をとって自害したとか。

七百年の時を超えて出現した旧相模川橋脚の数も十本。なんだか背筋が寒くなるので、これ以上の想像はやめておく。

古刹の風情あふれる伊勢原・日向薬師

神奈川県伊勢原市にこんな立派な寺院があるとは知らなんだ。いいえ、知ってはいたのだが、まあ、大したことはないだろうと、訪ねたことはなかったのだが……ちょっと反省した。

日向渓谷沿いの道に見過ごしてしまいそうな路地があるのだが、そこが「日向薬師」への入り口。ごく普通の民家が並ぶ参道を歩く分には、その先に霊験あらたかそうな寺院があるとは思いも寄らないだろう。

参道を抜け、階段を上がると、まずは立派な山門に驚かされる。二体の立派な仁王像が参拝者を迎えてくれる。

その先が本堂と思いきや、ふたたび参道がつづく。こんどは自然植生林の中。とても爽やかである。

参道にはところどころに仏様が祀られ、また石碑がたっている。

明るい林の中を通る石組みの参道は五百メートルほど。標高差は約七十メートルといったところ。

少し息が上がり、汗が浮いた頃、目の前が開けてくる。宝城坊本堂（薬師堂）。屋根が茅葺きでとても素朴な感じがした。

日向薬師は七一六年、大仏建立の貢献者・行基による開山。元は霊山寺という厳かな名称であったのだとか。〝日本三大薬師〟に数えられる薬師如来信仰の霊場としても知られている。境内には本堂のほか、幹が空洞になった霊樹の中に祀られる虚空蔵菩薩像、平安時代に建造されたとされる宝城坊鐘堂などがある。

明治初期の廃仏毀釈によって多くの坊舎が失われたのだとか。往時の規模はいかばかりのものか。古刹の風情に魅了されながらも、もののあわれを感じさせる。

伊勢原市のラビリンス〝渋田川の芝桜〟

この場所も私は知らなかった。カミさんが芝桜の名所がある、しかもかなりすごいという。場所は伊勢原市。渋田川という川の土手に咲き誇っているのだとか。

なので、車で道に迷いながら、なんとかその場所に行ってきた。このあたりの道はどうも苦手である。私の方向感覚が狂ってしまう磁場があるようで、気がつけば来た道を戻っていたということが少なくない。

そんなわけで、私にとってはラビリンスな場所なのだが、苦労して辿りついた場所は本当に迷宮の花園という感じであった。

なんでも一九七〇年頃に鈴木健三さんという人が奥多摩から一株の芝桜を持ち帰り、ここに植えたのが始まりなのだとか。

一九九七年には上谷芝桜愛好会が発足。さらに市民有志が芝桜応援隊を組織して、土手の草刈り、川の清掃に取り組み、今では川沿い約六百メートルに芝桜が咲き誇るようになったという。

例年、芝桜の見頃に合わせて「芝桜まつり」も開催される。人で賑わう小さな川の河畔。一株の芝桜から始まった物語がラビリンスの興をさらに鮮明にさせてくれる。

大磯・左義長でカチカチ山体験

湘南・大磯の名物といえば左義長（どんど焼き）。毎年一月に行われる行事を数回見物したことがある。

それでは左義長のおさらい（大磯町ホームページを要約）。大磯の左義長はセエノカミサン（道祖神）の火祭りで、国の重要無形民俗文化財に指定されている。なんでもこのあたりには目一つ小僧と呼ばれる厄神がいて、村人の行いを帳面に書いていたのだとか。その帳面を預かったセエノカミサンは困り果てて自分の家とともに帳面を燃やしたことが左義長のはじまりといわれている。

正月のお飾りや縁起物を浜辺で燃やすのだが、この火で炙った団子を食べると風邪をひかない、燃えさしを持ち帰り屋根に載せると火災除けになるというありがたいご利益があるそうだ。

私が初めて行ったときは、その寒さと熱さに度肝を抜かされた。はじまるのは日が暮れてから。陸側から吹き込む風が冷たいのなんのって、ハンパではない。裏日本で〝シベリア颪〟の寒風に鍛えられて育った私がン十年ぶりに血も凍るような寒さを体験した（まあ、甘くみて上着がフリースだけだったのが失敗でした）。

実は左義長に興味をもったのは前の年からで、カミさんが「火入れ式は七時から」と言うので、早起きして行ってみたら、まったく火を入れる気配はなく、虚しく朝日が昇るのを眺めるばかり。

なんでそんなことになったかというと、単純にカミさんが午前七時と午後七時を間違えていたため（左義長＝どんど焼きがそんな早朝から行われるわけがないことなどわかりそうなものですが、思い込みによる勘違いは、なかなか修正できないものです）。

それなので翌年は気合を入れて左義長に臨んだわけだが、今度はどういうわけか「火入れ式は六時」と思い込んでしまい、一時間も寒風の吹く海岸をさまようことになってしまった。露店で買ったワンカップと焼き鳥で、耐え忍ぶこと一時間。

いよいよ火入れ。

うおお！　アチチチ……。

「どんど焼き」というから風情のある小正月の祭りを想像していたのだが、火入れ直後はあっという間に業火が天に昇る。いや、風のせいで風下へ猛火が吹き流され、風下にいた私は炎と火の子と煙に襲われ、髪の毛はチリチリ、フリースは焼け焦げだらけ。まるでカチカチ山の狸のような心境だった。

しばらくすると火は落ち着き、地元の皆さんは繭玉だんごを焼きはじめ、ようやくしっとりとした風情の火祭りに。

それにしても火入れ直後の猛火はすごかった。寒いも地獄、熱いも地獄を味わった夜であった。

平安文学少女の永遠なる〝いい日旅立ち〟

私が編集・発行人を務めた文学通信紙「総国逍遥」は二〇一〇年の夏からはじめて二〇一三年の春先までつづいた。実に三十二回。つまり総国（千葉県）にある三十二カ所の文学ゆかりの地をルポしたのである。その最終回。私は総国と私の住む相模国（神奈川）との接点で、この文学通信紙を終わらせた。その全文を紹介する。

今から千年もの昔、総国には文学に憧れた少女がいた。「更級日記」を著した菅原孝標女である。

いきなり余談となるが彼女の本名は不明だ。彼女に限らず当時の日本では実名は隠される傾向にあった、「源氏物語」の紫式部、「枕草子」の清少納言も渾名。「逆転の日本史」の著者・井沢元彦は、平安期以前からその風潮はあり、「卑弥呼」は日本（邪馬台国）からの使者が口にした「日の御子（巫女）」に、中国（魏）の官吏が適当に当てた漢字で、大和朝廷（天皇家）とのつながりを示唆する説を採っている。

さて、本題。菅原孝標女は一〇〇八年（寛弘五年）生まれ。「更級日記」は彼女の十歳頃から五十歳頃までの人生を回想した記録である。父・孝標が上総介として任期を終えて帰京したのは一〇二〇年（寛仁四年）。「更級日記」はここから始まる。

あづま路の道のはてよりも、なほ奥つかたに生ひいでたる人、いかばかりかはあやしかりけむを、いかに思ひはじめける事にか、世の中に物語といふ物のあんなるを、いかで見ばやと思ひつゝ、つれづれなる晝ま、宵ゐなどに、姉繼母などやうの人々の、その物語、かの物語、光る源氏のあるやうなど、ところどころ語るを聞くに、いとどゆかしさまされど、わが思ふまゝに、そらに、いかでおぼえ語らむ。いみじく心もとなきまゝに、等身に薬師佛をつくりて、手あらひなどして、人まにみそかに入りつゝ、「京にとくあげ給ひて、物語のおほく候ふなる、あるかぎり見せ給へ」と、身をすてて額をつき、祈り申すほどに、十三になる年、のぼらむとて、九月三日門出して、いまたちといふ所にうつる。

彼女の文学少女としての原点がうかがえる一節だ。坂東の片田舎で育った孝標女だが、世の中に物語というものがあるのを知り、それに憧れる。姉や継母が「源氏物語」などを語ってくれるが、その全編を語れるわけもなく孝標女は落胆する。彼女は等身大の薬師仏を作り、密かに「早く上京させてください。そして、あらん限りの物語を見せてください」と希(こいねが)うのである。

彼女の願いは叶えられる。やがて旅立ち。

十七日のつとめて、立つ。昔、下總の國に、まののてうという人住みけり。ひきぬのを干(ち)むら、萬(よろづ)むらおらせ、漂(さら)させけるが家のあととて、深き河を舟で渡る。昔の門の柱のまだ残りたるとて、大きなる柱、河のなかに四つたてり。人々歌よむを聞き、心のうちに、

朽ちもせぬ　この河柱のこらずは　昔のあとを　いかで知らまし

その夜は、くろとの濱といふ所に泊まる。片つかたはひろ山なる所の、すなごはるばると白きに、松原茂りて、月いみじうあかきに、風のおともいみじう心細し。人々をかしがりて歌よみなどをするに、

まどろまじ　こよひならでは　いつか見む　くろとの濱の　秋の夜の月

「まののてう」とは「まのの長者」とされ、諸国に伝わる長者伝説の痕跡を記している。

その夜、歌で詠んだ「くろとの濱」とは君津、稲毛の海岸や、津田沼、幕張一帯とするなど諸説がある。いずれにせよ、孝標女の総国への惜別の念が感じられる歌である。

総国を出た少女は、やがて妻となり、母となり、そして晩年、孤独の生活になってからの心境を綴る。

「更級日記」が秀逸なのは現代人の心の琴線にふれる描写があることだ。

富士の山はこの國なり。わが生ひでし國にては西おもてに見えし山なり。その山のさま、いと世に見えぬさまなり。さまことなる山の姿の、紺青を塗りたるやうなるに、雪の消ゆる世もなく積りたれば、色濃き衣に、白き衵(あこめ)着たらむやうに見えて、山の頂のすこし平ぎたるより、煙は立ちのぼる。夕暮れは火の燃え立つも見ゆ。

相模国の足柄峠から見た富士山の情景である。この頃の富士山の火山活動は活発であり、火映現象が起こっていたと思われる。日没後に孝標女が見た「燃え立つ火」は火映現象を表したもので、古典文学で描かれた光景が現代人にも容易に伝わる。文学には時間の垣根がないことを知る。菅原孝標女の逍遥は千年を超えて永遠につづく。

人間万事塞翁が馬

座右の銘など考えたこともないが、好きな言葉としてすぐ浮かぶのが「人間万事塞翁が馬」。意味などよくわからない。「Let It Be」だろうと勝手に解釈している。かの坂本龍馬は「世の人は我を何とも言わばいえ我がなす事は我のみぞ知る」という名言を残した。なるほど。これからも〝我のみぞ知る駄文〟を書きつづけていきたい。ま、なんとかなるさ！

禍もそう悪くはない

私は、もともとは原稿用紙に向かい、手書きで文章を書く記者であった。二十代の頃は、それが当たり前の編集の現場だった。私が使った原稿用紙の枚数は司馬遼太郎や松本清張には及ばないにしても、日本にいる書き手の中ではトップクラスだと自負している。それは週刊誌で書いた記事のボツ率が異常に高かったためでもある。

当時の編集の現場（特に私が出入りしていた角川書店の「週刊ザテレビジョン」）は編集長やデスクのチェックが厳しかった。下手なものを書いて「ドアホ！」と怒鳴られたのは数知れない。

どういうわけか私は関西出身者に首根っこをつかまえられる運命にあるようで（カミさんもですが）、二十代の頃は悪魔のような編集長に河内弁で罵倒されながら、書き手として育てられたのである。その悪魔の言い方が、筆舌に尽くしがたく、人間の尊厳みたいなものまで徹底的に踏みにじるのである。しまいには「原稿用紙がもったいない。おまえは紙以下の人間や」とまで。そう罵倒しながら私の書いた原稿を破いてゴミ箱に投げ捨てるのだから、たまったものではない。

あの編集長だけは未だに許せない。以来、角川書店にだけは近づかないようにしている。

だが、それとは裏腹に、今も原稿を書くことでなんとか暮らしていけてるのは、あの屈辱の日々があったためでもあるので、あの悪魔には恩義も感じてはいる。

原稿書きで利き腕の右手を酷使した結果、そのうち頚椎までおかしくなり、やがてペンが持てなくなってしまった。それでも原稿は書かなくてはならない。

パソコン（当時はワープロ）との付き合いは、それから始まる。

当時、ワープロは人の心が通わない無機質な原稿を作るようで、それを使うのはかなり抵抗があった。ペンと紙さえあれば食べていけるということに誇りのようなものを感じていた。だが、書けない、つまり食べられなくなる。それで仕方なくワープロに向かい、左手の人差し指でキーボードを叩くようになったのである。

フリーランスのライターとしては、ワープロを使い始めたのは早いほうであると思う。実際に使ってみて思ったことは、「これは便利だ」であった。

パソコンでの作業にすんなり移行できたのも、DTP作業をアレルギーなく理解できたのも、手書きができなくなったお陰といえなくはない。

時代の要請で仕事のやり方を変えざるを得なかった人は少なくないと思う（特に私の世代と、その上の人たちは）。

禍はどこにだって転がっている。要はそれをどう考えるかだ。悪魔の編集長に仕込まれたこと、原稿の書きすぎで手が使えなくなったこと。その結果が今であるのだから、長い目で見れば禍もそう悪くはないのではないか。

「水戸黄門」で学んだ臨機応変

一九八〇年代のテレビ業界は実に華やかで、例えば「水戸黄門」「大岡越前」の制作発表は東京の赤坂プリンスホテルと京都の東映京都撮影所で行われていた。京都取材のときは私みたいに駆け出しの記者でもアゴアシ（食事代や交通費・宿泊費）付きで京都に招かれるのだが、往復の新幹線はグリーン車、夜は東映スタッフ行きつけの〝一見(いちげん)さんお断り〟の店で接待（される側です）という、ちょっとした豪華ツアーの様相を呈していた。

赤坂プリンスホテルでの制作発表でのこと。はじまる前に番宣担当のIさんに手招きされた。

「工藤ちゃん、頼みがあるんだけど」

「なんでしょうか？」

「制作発表の質疑応答のとき、元ちゃん（高橋元太郎）に質問してくれないかな」

「いいですけど、なんで高橋さんに？」

「黄門様の西村（晃）さんや助さんの里見（浩太朗）さん、かげろうお銀の由美（かおる）ちゃんに質問が殺到すると思うんだよ。でもね、一九七〇年の第二部からずっと出てるのは元ちゃんだけなの。だから、そのことを質問してほしいんだよ」

便利屋ライターの返事は決まっている。「わかりました！」

当時の制作発表はホテルの大広間で行われ、輝くシャンデリアの光を浴びながら出演者が登壇する。後方には「3時に会いましょう」をはじめワイドショーで放送される番宣番組用のカメラがずらりと並んでいた。

出演者の挨拶が終わったあと、いよいよ、そのときはきた。

女性MCが「それでは質疑応答の時間とさせていただきます。挙手をお願いします」と告げる。

ところがである。会場はシーン……。おいおい話が違うぞ。西村さんや里見さんに質問がないのに、いきなり高橋さんに聞けないではないか。

女性MCの「どなたか？」という声だけが会場に響くのみ。

私はIさんの顔をちらりと見たが、苦々しい顔で会場を見回すだけであった。

「ええい！　約束だ」とばかり、私は挙手をした。「高橋元太郎さんに質問なのですが……」と切り出したのだが、当の高橋さんも「え、なんでオレに」みたいに戸惑いがありあり。壇上を前にずらりと並ぶ記者たちも「なんで高橋さんに？」と怪訝な表情を浮かべていた。会場の空気は体感では三度くらい下がったような気がした。そして質疑応答の時間は私の質問だけで終了した。

その頃の私は駆け出しの便利屋記者として番宣マンの要望に応えるのを心得としていた。よくよく考えたら、私自身が西村さんや里見さんに質問したあとで高橋さんに追加質問をすればよかっただけのこと。このとき、私は臨機応変ということを学んだのである。

理不尽だけども飲み込むしかない

一九八〇年代の後半は少女小説が大ブームであった。

一九八九年夏に小学館が「Palette（パレット）」という純愛小説マガジンを創刊するが、私も奇妙な縁で一九九二年から「Palette」誌の巻頭特集である「執筆現場におじゃま虫」をライティングすることになった。今では使わない（使えない？）ベタな連載タイトルだが、文字どおり少女小説の人気作家の執筆現場に潜入して、作家さんのプライベートを伝えるという仕事だった。

連載に登場したのは小泉まりえさん、折原みとさん、氷室冴子さん、小林深雪さん、喜多嶋隆さん、倉橋燿子さん、花井愛子さんの七名。

七人の作家さんたちはそれぞれの経緯で少女小説作家として認められるようになった。共通していたのは子供の頃から本好きであったということくらい。なかにはフリーライター、コピーライター、プランナーなど紆余曲折を経て少女小説作家になった方もいる。

こんなエピソードもあった。仮にその作家さんをAさんとしておこう。

一九八〇年代のはじめ頃、ライターをしていたAさんは当時、人気絶頂のロックバンドのボーカルを取材することになった。そのボーカルはAさんの憧れの人でもあり、緊張しながら取材に臨んだ。

スムーズに取材は進んでいたが、Aさんが「歌手」という言葉を使ったことで、ボーカルの表情が一変する。

「歌手だなんて失敬だな。そんなふうに呼んでもらいたくないね。オレはアーティストだぜ」

取材はそこで打ち切られそうになったのだがAさんは平身低頭して謝り、事なきをえている。

この話を聞いたとき、便利屋ライターの悲哀をひしひしと感じた。かつてはAさんも私と同じ便利屋だったのである。悪気があって「歌手」という言葉を使ったわけではない。むしろ「歌手」であることに尊敬の念を抱いていたものが、その真意が伝わらないときもあるのだ。理不尽ではあるけれど、便利屋はぐっとこらえてすべてを飲み込むしかないのである。言葉の使い方というものを、あらためて考えさせられたエピソードであった。

一年間つづいた「執筆現場におじゃま虫」のトリを飾った花井優子さんが色紙に書いてくれたメッセージが忘れられない。

◇

そりゃあ、私だって、たまには（!?）ムッ!!とすることに、出会ってしまうワケなのだけど。いつくらいからかなあ。30過ぎてからだった気がする、とにかくムッ!!とした瞬間に、ニコ♡と笑ってみることにしました。

泣きたくなったときも、おんなじで。ベソかくより先に、スマイル!!

不思議なもので、笑うときの顔の筋肉の動きって、カーッと頭にのぼりかけてる血液や、どおっと吹きだしそうになってる涙の防波堤になってくれるんだよね。——そのあと、ひとつ深呼吸。私の場合は、さらに、鏡を見ます。で、あらためてムッとしてみたり、ベソをかいてみたりして。

ひとりで「おー!! 感情的になると、実にブサイク!!」なあんて納得して。そして、また、笑います。

「うん。まだ笑顔のほうが、マシだあ!」

笑う門には福来たる、とやら。笑顔のヒトたち、みんなが幸せでありますように!

人気作家の花井さんでさえ悩みは尽きないみたいであった。便利屋ではなくても〝物書き〟稼業はなかなか大変である。

覚悟が足らん！

お気に入りブログに登録している「スピノザ暮らし♪暮らしの中の哲学エッセンス」を訪問して、「まいったなぁ」という気になった。そこには「ビジネスをはじめるにあたり一番重要なことは覚悟だ」と記されてあった。

実は失業中の友人と会って、そいつが仕事についての不平を話しだした。彼は知人をつてに、新雑誌の創刊計画を手伝っているのだが、なかなか計画はうまく進まず「無料奉仕も限界があります」と言いはじめた。

そいつはもういい齢である。若い人が職探しで困っているのならわかるが、なにかをはじめられるだけのキャリアはある。やつの間違いは人様の考えた出版計画に乗っかったことだ。そこなら自分のキャリアが生かせると思ったに違いない。

ところがこのご時世。新雑誌の創刊計画などうまくいくわけがない（それを言っちゃ終わりですが）。なにを今さらと思いながら聞いていたのだが、途中でたまらなくなって意見をしてしまった。

「キミには覚悟が足らん！」

まずは他人の考えた計画の手伝いをするという覚悟。それがないから計画がうまくいかないときは不平不満がたまる。

なによりもそいつには半年前くらいに「キミは人に使われるタイプじゃないだろう。起業できるだけのキャリアがあるじゃないか」と助言したことがある。そのときは「そうですね。やってみたいですね」と言っていたのに、そっちのほうはどうなってしまったのか。

「今のままやっていくのもいいし、そっちはやめて自分でやるのもいい。どっちにしても覚悟はしろよ。そうすれば失敗したときでも後悔はしないだろ。そして、どうせ覚悟するのなら人様のためではなく自分のために覚悟をしたほうがいいんじゃないか」

やつは「そうですね」と言い、そこで初めて自分がやりたいことを打ち明けはじめた。

あとは、やつが打ち明けた話を実現するための覚悟をするかどうかである。

冒頭に戻り、「まいったなぁ」となったのは、友人には「覚悟が足らん！」と説教しながら、いちばん〝覚悟が足らん〟生き方をしているのは自分自身ではないかと思うからだ。

実はユニコ舎の処女出版物である大林宣彦監督の著書「キネマの玉手箱」の出版計画を立ち上げたとき、ユニコ舎は存在していなかった。私が副理事長を務めるＮＰＯ法人を発行所にするつもりだった。

「キネマの玉手箱」を流通させるためＴＲＣ図書館流通センターの副社長（当時）の佐藤達生さんに助言を仰いだ。佐藤さんは中学生時代に所属していたバレー部の一学年上の先輩だった。佐藤さんはやさしく丁寧に本の流通の仕組みを教えてくださった。しかし、最後に私が「ＮＰＯ法人で本を出したい」と告げると、佐藤さんの表情は一変した。「やるのならきちんとした出版社でやれ。それが本を出す覚悟というものだ」

ユニコ舎設立は、この一言からはじまっている。

余談だが、「スピノザ暮らし♪暮らしの中の哲学エッセンスの著者ＹＵＮさん、本名・安木由美子さんとは縁あって一緒に仕事をするようになった。

二〇二二年十一月にはユニコ舎から「閑事　草径庵の日々」を上梓している。安木さんの〝覚悟〟が見え隠れする著書に仕上がっている。

関東大震災と東日本大震災

二〇一一年三月十一日に起こった東日本大震災。新しいテレビ情報誌の原稿書きに追われて編集部に泊まりこんでいた私には被災者の恐怖は計り知れないが、テレビ画面に映し出される映像に原稿を書く手がとまり、やがて震えだすほどの衝撃であった。当時、私は「総国逍遥（ふさのくに）」の編集人を務めていたが、内容を東日本大震災の追悼号に変更した。私は祖母から聞いた関東大震災の話をもとに次のような記事を書いた。

高度経済成長期の申し子である筆者には、生まれる十五年前に国土が焦土と化した戦争があったといえども、それはまったく現実味のないことであった。それでも、かすかに残る戦争の記憶、それは街角に立つ傷痍軍人の姿、彼らが奏でる物悲しいアコーディオンやハーモニカの音色に、わけもなく「かわいそうだ」と思ったりした。

太平洋戦争でさえそうなのだから、関東大震災となれば、もはや歴史年表に記される出来事のひとつに過ぎない。それが筆者の存在にも関わる重大事であったのを知ったのは、最近のことである。

筆者の祖母は大正五年生まれ。東京・麹町で暮らしていた祖母は大正十二年九月一日に運命の日を迎える。突然体が投げ出される衝撃、のたうつ電線、屋根瓦が飛び散り次々と倒壊する建物。立っていられなくて四つん這いになると目の前の地面がぱっくりと裂ける。やがて業火がすべてを焼き尽くす。

幼い祖母の眼前に繰り広げられた地獄絵。父親は勤務先から帰らず、瓦礫の下から見つかった愛用の金縁眼鏡だけが戻ってきたという。母親はすでに他界しており、祖母は天涯孤独の身となってしまった。十四万人以上の死者・行方不明者を出した関東大震災。デマによる混乱もある中で、七歳の少女が生き残ったのは奇跡としかいいようかない。

数年前、祖母から聞いたその話に、全身の肌が粟立った。もしも祖母が震災で亡くなっていたら、筆者はこの世には存在しない。この春、祖母は九十五歳を迎えた。祖母が得た〝奇跡の命〟は四人の子供に宿り、そして孫、曾孫へと無限に広がっている。

祖母と同世代で従軍経験のある作家・大岡昇平は、「野火」でこう記している。

――私は吐息した。死ねば私の意識は確かに無となるに違いないが、肉体はこの宇宙という大物質に溶け込んで、存在するのを止めないであろう。

肉体に宿した〝命〟は逞しく、決して挫けない。

川端康成からのメッセージ

二〇〇九年のゴールデンウイークに伊豆方面をうろちょろしてきた。

車で国道４１４号を走っていて天城付近で「旧道」の看板が目に入った。この道は何度も走っているが、「旧道」には入ったことはない。「道がつづら折れになって」（伊豆の踊り子）という川端文学の世界に浸るなら、やはり一度は見ておかねば。そう思い立って旧道へ入った。

ここは紅葉が美しいという。この日は新緑がきれいだったが観光客の姿はほとんどなかった。同乗者がいたから虚勢をはってられたが、一人だとかなり心細くなる寂しい道であった。

なんの予備知識もなく入った旧道の道端に川端康成のレリーフを見つけた（あとで調べたらけっこう有名なレリーフでした）。その日の私の心境を反映したのか、ちょっと川端先生に睨まれた気分であった。

それからしばらくの間、私の頭から川端先生の顔が抜けなくなった。なにか引っかかるものを解消しようとインターネットで先生の情報を検索。すると面白そうな論文を見つけた。そこには川端康成の言葉が載せられてあった。

例へば、野に一輪の白百合が咲いてゐる。この百合の見方は三通りしかない。百合を認めた時の気持は三通りしかない。百合の内に私があるのか。私の内に百合があるのか。または、百合と私とが別々にあるのか。これは哲学上の認識論の問題である。だから、ここで詳しくは云はず、文藝の表現の問題として、分り易く考へてみる。

百合と私とが別々にあると考へて百合を描くのは、自然主義的な書き方である。古い客観主義である。これまでの文藝の表現は、すべてこれだつたと云つていい。

ところが、主観の力はそれで満足しなくなつた。百合の内に私がある。私の内に百合がある。この二つは結局同じである。そして、この気持で物を書き現さうとするところに、新主観主義的表現の根拠があるのである。その最も著しいのがドイツの表現主義である。

自分があるので天地萬物が存在する、自分の主観の内に天地萬物がある、と云ふ気持で物を見るのは、主観の力を強調することであり、主観の絶対性を信仰することである。ここに新しい喜びがある。また、天地萬物の内に自分の主観がある、と云ふ気持で物を見るのは、主観の拡大であり、主観を自由に流動させることである。そして、この考へ方を進展させると、自他一如となり、萬物一如となつて、天地萬物は全ての境界を失つて一つの精神に融和した一元の世界となる。また一方、萬物の内に主観を流入することは、萬物が精霊を持つてゐると云ふ考へ、云ひ換へると多元的な萬有霊魂説になる。ここに新しい救ひがある。この二つは、東洋の古い主観主義となり、客観主義となる。いや、主客一如主義となる。かう云ふ気持で物を書現さうとするのが、今日の新進作家の表現の態度である。他の人はどうか知らないが、私はさうである。そして事実、かう云ふ気持が新進作家の表現に多分に現はれてゐる。片岡鐵兵、十一谷義三郎、横光利一、富ノ澤麟太郎、金子洋文その他の諸氏や「葡萄園」の諸氏の作品を読めば直ぐ目につくことである。これらの諸氏の表現を、私の独断ではあるが、以上のやうな理論で基礎づけようと、私は考へてゐる。

面白そうなのだがチンプンカンプン。すべて読み下した人はエライ！　私なんかは五行でギブアップしたくらいだ。要約すると、どうやら「主観は大事なことだよ」ということのような気がした。私はどちらかというと客観性を重視してきたのだが、なにかを表現しようとすれば、主観は排除できないし、そもそも主観を排した客観などありえないのかもしれない。

私は脳味噌の作りが単純である。レリーフを見てから引っかかっていたものは、「もっと自分の直感を信じろ」という川端先生からのメッセージだと勝手に（都合良く）解釈することにした。

友人が手がけた「シェーグレンと共に」

「シェーグレン」という言葉をご存じだろうか？　恥ずかしながら私は知らなかった。シェーグレン症候群——自己免疫疾患の一種であり、涙腺の涙分泌を障害、唾液腺の唾液分泌などを障害する。本症候群は関節、筋肉、腎臓、甲状腺、神経、皮膚、肺などでさまざまな症状をきたす。

要するに大変な病気なのである。

「TVガイド」の特派記者として、同じ釜の飯を食べていた永井（恵美子）ちゃんがこのシェーグレンについての本の編集責任者となったのは二〇一〇年のこと。そして「シェーグレンと共に vol.2 患者篇」という題号で二〇一〇年三月に出版された。

永井ちゃんも難病を患っていた。テレビ情報誌以外の媒体でも記事を書いていた永井ちゃんにとって、とてもやりがいのある仕事であったに違いない。しかし、病気とつきあいながらの編集作業は生半可なものではなかっただろう。

この本はシェーグレン患者二十五人の生の声で綴られる内容。二十五のストーリーがあるのだが、それぞれの悩みについて、専門家がアドバイスをするという形式をとっている。こういう本は自分の悩みを聞いてもらいたい、という一方通行的なものになりそうだが、悩みを解消する手立てを探るという2ウェイの構成にしたのはさすがであると思った。いや、この本を手にとる人がいるのだから3ウェイの構成なのである。

実はこの本を作るのにあたって、永井ちゃんは私に編集作業について相談してきた。私は拙(つたな)い編集の知識を永井ちゃんに提供したわけだが、まさかこのような立派な本になるとは思ってもいなかった。

永井ちゃんは「Special Thanks」に私の名前を入れてくれた。それほどのことはしていないので申し訳なくて仕方がないのだが、なんとなく誇らしくもなるから、不思議である。

この本を読んでいると、まだまだ紙媒体の存在意義はあると思えてくる。一過性のものでなく何度でも読み返したくなる本だからであろう。

永井ちゃんはほんとうに良い仕事をしている。

この本を手にすると仕事と相対する勇気が湧いてくる。

土下座謝罪

テレビや映画ではよく土下座で謝罪するシーンを見かけるが、日常生活の中でそんな場面に出くわすことは、まずない。土下座は単なる逃げのパフォーマンス、深い謝罪の意を表す風習であったのも今は昔だ。

二〇〇四年頃の話である。当時、東京ニュース通信社が出していた「船の旅」というクルーズ雑誌の編集長を務めていたのだが、Iという部下がやらかしてくれた。ある執筆者の原稿を無断で大幅に改変してしまったのだ。たしかに原稿を読んだときは難のある文章だったので「日本語として読めるようにしてくれ」と指示したので私にも責任はある。

しかし、このIの原稿への手の加え方が半端ではなかった。そうとは知らずに読める原稿になっていたので、そのまま校了。

当たり前のことだが、新しい本を眺めるのが編集者にとって至福の時間である。

数日後、Iが血相を変えて私のデスクにやってきた。

「大変です。Tさんからクレームの電話です」

Tさんとは件（くだん）の執筆者である。

事情を聞くため私はTさんに電話をしてみたのだが、電話口でTさんは烈火のごとく怒っていた。Iの文章の改変が凄まじかったこともあるが、そのことを質されたIが屁理屈をこねて誤魔化そうとしたようであった。

慌ててTさんのご自宅に虎屋の羊羹（私の場合、謝罪するときの手土産は虎屋の羊羹と決めているのです）を持って謝罪に伺うことになった。もちろんIも同行。作戦会議ではないが、Tさんの怒りの具合を見て、やばいなあと思ったら玄関先で土下座しようということになった。

Tさん宅に到着。玄関先でわれわれを出迎えたTさんの怒りはまったく収まっていなかった。

大魔神のような憤怒の表情で「おまえがIか！」と指さしたのが、私の鼻先。

土下座謝罪の機先を制されて私は呆然とするばかり。「あ、いや、Iはこちらのほうで……」と答えるのがやっとであった。私には見慣れてしまったIだが、若いくせにロマンスグレーで合気道を趣味としているから、それなりの貫録があった。初対面ではIが編集長に見えてしまってもおかしくはない。

動揺したのはTさんもだ。なにせ、謝罪に訪れた編集長をいきなり怒鳴りつけたのである。

大魔神は埴輪のような顔つきになり、「それは失礼した」。それから部屋に通されて、あらためて謝罪をするとTさんも事の経緯を理解してくれて、それからはクルーズ談議で盛り上がったのである。

時は流れて二〇一七年。私は産経新聞出版と業務委託契約を交わし「おとなのデジタルTVナビ」というテレビ情報誌の編集長職に就いていた。

シニア層向けのテレビ情報誌だったのでコラムや連載も大御所といっていい方々を起用していった。池上彰、立木義浩、倉本聰、大林宣彦、香川京子。どの連載も内容が濃かったと自負している。写真家の立木さんの連載「刻のアルバム」は立木さんが撮影された著名人の写真を立木さんしか知らないエピソードを添えて紹介していくというもの。その連載の最終回。トリを飾る写真は高倉健であった。

無事校了をして新しい本を眺めていた至福の時間が、「刻のアルバム」のページでぐわんと打ち破られる。真っ黒に刷り上がり健さんの表情がつぶれてしまっていた。

これはまずいと早速担当編集者と副編集長を招集した。

原因は印刷所のミス。しかし、それに気づかなかったこちらにも落ち度はある。大御所写真家が撮影した稀代の俳優の写真である。さあ、どうする?

このとき私は担当編集者と副編集長にも知らせず、ある決意をしていた。土下座である。Tさんのときを思い出していた。まずは機先を制しないと。

虎屋の羊羹を持って印刷所の人間を伴い、立木さんの事務所へ謝罪に訪れた私は部屋に通されるやいなや、即座に土下座をした。

「先生の貴重な作品を台なしにしてしまいました！　申し訳ありません」

部下も印刷所の人間も予想もしない行動だったのだが、それが功を奏した。瞬間的にひりついた空気を和ませてくれたのが立木さんであった。

「まあまあ、頭を上げなさい」

今どき土下座謝罪などなにも意味がない。「誠意を見せてくれ」と金品を要求されるのがオチである。

しかし、立木さんは私の三文芝居につきあってくれて、この件は落着した。立木さんの度量の大きさには感服するばかりであった。

形を変える本

音楽といえばそれはレコード盤、レコード屋で買ってくるのが常識だった。ただ、レコードは高価で（ＬＰは五十年前から二千五百円）、なかなか買えない。まずＦＭ放送でエアチェックするのが、私の世代では、音楽とつきあう第一歩であったように思う（エアチェックって今の若い人たちにはチンプンカンプンでしょうね、きっと）。

ラジオと音楽はセットのような時代であった。そういえばテレビでもラジオのＣＭが流れていて、私もそれに感化されてジャイロアンテナ付きの「クーガ」（仮面ライダーではありません）という名称のラジオを買ったものである。

話は戻るが、最近はレコード屋に行くことは皆無である。ＦＭエアチェックをすることもない。いつの頃からかいわゆる新曲への興味は失せ、懐かしい曲ばかりを聴くようになってしまった。そうすると「YouTube」あたりで事は足りるし、ちゃんとした音で聴きたいのなら、「iTunes」でダウンロードするようになっていた。

つまり私にとってレコード屋は不要。いや、レコード屋どころか、レコード（CD）さえいらないのである。

レコードと本はよく似ている。町からレコード屋が消えたように、本屋もなくなりつつある。インターネットの普及により、「情報」はただとなり、いわゆる情報誌は存在価値を失ってしまった。面白いエッセイを目当てに雑誌を買っていた頃もあるが、今は「facebook」や「Instagram」で、いくらでも面白い記事（エッセイ）を見つけることができる。

まるで音楽における「YouTube」のようなものだ。

本は音楽と違い、雑誌もあれば書籍もあり、そして漫画もあれば学術書もあり、非常にジャンルが広い（もちろん音楽も幅広いジャンルがあるのだろうが、「聴く」と「見る」「読む」「知る」ということの差異は大きいと思います）。

だから、本が音楽のようにモノとしてなくなることはないと信じてきたのだが、やはり時代は大きく変わりそうである。

電子書籍はスマートフォンでも読めるようになり、指先でページもめくれる。

私は本とは紙であるべきという前提を強く意識しているから電子書籍への興味は薄かったが、この世に生まれたときからパソコンやスマートフォンのある世代にとっては本が紙である必要はない。

考えてみれば返品を免れない紙の本はゴミとなるし、資源や環境にも負荷をかける。それは読み終えた本も同じでやはりゴミとなるか、蔵書とした場合ではスペースの問題が出てくる。

電子書籍はそういう無駄を大きく削減できるのだから、時代の趨勢として紙としての本はなくなっていっても仕方がない。

出版不況といわれるが、本そのものがなくなることはない。だが、本は形を変えざるをえない。紙でない本が常識となるのは、そう遠い未来のことではなさそうだ。

鮭は故郷の川に回帰する

私の故郷である新潟県村上市は鮭で有名である。塩引き鮭は浅田次郎の「大名倒産」の題材にもなっている。

鮭は故郷の川に帰る。それに通じるエピソードである。

二〇一七年当時、私は「おとなのデジタルTVナビ」の編集長職に就いていた。

二〇一六年に公開された映画「後妻業の女」がテレビ放送されることになり、私は同作の監督、鶴橋康夫さんをインタビューすることになった。

部下が鶴橋さんのプロフィールを調べてくれた。あるところで目がとまる。「村上市出身」「村上高校卒業」。私の故郷、母校ではないか。

私は高校を卒業して上京したあと、故郷との関係を絶っていた。便利屋ライターは意外と多忙であった。それに両親も村上を出たので帰郷する先もなかったのである。高校の同窓会名簿には「消息不明」と記されたが、「それでいいさ」とそのままにしてきた。

それから三十年以上が過ぎて目に飛び込んできた「村上」の文字。その瞬間、私は鮭になってしまったのだ。

鶴橋さんを取材時に、私は「村上高校の後輩です」と告げると、鶴橋さんは満面の笑みをたたえて握手を求めてきた。そして映画の作品はそっちのけで、故郷の話で大いに盛り上がったのである。

それがきっかけとなり、私は村上高校同窓会関東支部の存在を知り、毎年行われている総会・懇親会にも出席するようになった。

二〇一九年には村上市で開催された同窓会本部の総会・同窓会にも参加した。まさに故郷の川に戻った鮭のようなものであった。

故郷の同級生や恩師と会うのは四十年ぶりである。誰が誰だかわからないのだが、話しているうちに馴染んでくるから不思議である。

残念ながらコロナ禍によって同窓会の総会・懇親会は中止がつづいている。

しかし、ユニコ舎を設立して宝田明さんの著者「送別歌」を出版したあと、同窓会の先輩から多大なご支援をいただいた。山本宏平さん、田所和子さん、佐藤達生さん、そしてお兄さんが宝田さんと同級生だった佐藤勝さん……。心から感謝を申し上げる。

二〇二二年の年末には鶴橋さんの恩師の娘さんである書道同文会会員で、やはり母校の先輩である宮絢子さんに誘われて、東京村上市郷友会の「鮭を食べる会」にも参加した。四十年ぶりの塩引き鮭とはらこ（イクラ）はノスタルジーも相まって恍惚とするほどの美味しさであった。そういえば、村上が故郷である宝田明さんから「鮭を食べる会」に一緒に行こうと誘われていたのだが、コロナ禍による中止と、宝田さんの逝去により、ついに果たされることがなかった。期せずして参加できた「鮭を食べる会」。まるで宝田さんの導きであるようにも思えてくる。

私が村上で過ごした記憶は雑駁とした日々の中で薄れていくばかりだ。「因も変り縁も変る　なにもかもみんな変ってゆくんだね　人間関係も変ってゆく　世の中無常だから」とは相田みつをの言葉だ。それはそうだろうと素直に頷けるのだが、還暦を過ぎた〝羊の皮をかぶった山羊〟の目の前に故郷の風景が茫洋と浮かんでくる。

後記　〝狂気の沙汰〟の十一冊目

二〇二〇年のユニコ舎設立時、日本図書コード管理センターから十冊分のＩＳＢＮコードを取得して三年間でちょうど使いきった。四年目の二〇二四年、今度は百冊分のコードを取得した。

この三年間で十冊。それならば三十年分のコードを取得したわけで、現在のユニコ舎の経営状況を鑑(かんが)みれば正気の沙汰とはいえないだろう。良い本を作ってきたと自負はしているが、計画どおりにはいかないのが世の常である。しかし、今は我慢のとき、攻めのときと、百冊分のネタはないものだろうかと探しあてたのが自分自身であった。これはもう正気の沙汰どころか〝狂気の沙汰〟ともいえなくはない。

一九六〇年生まれは、かつて〝新人類〟といわれた世代である。私が〝新人類〟であるかどうかは甚(はなは)だ疑問だが、既成の価値観にとらわれないで生きてきた、生きざるをえなかったのは事実である。苦学生だった私は大学生時代から出版社でアルバイトをはじめて、還暦を過ぎた今となっても小さな出版社を営んでいるわけだから、この生業は死ぬまで終わらないのだと思う。

「ザテレビジョン」「TVガイド」の特派記者としてテレビ局に出入りし、いわゆる〝提灯記事〟を書きまくる便利屋ライターとなった。その後は「船の旅」「aura（アウラ）」「総国逍遥」「おとなのデジタルTVナビ」などの媒体と関わり、ライター業のみならず編集業にも手を染めてきた。それらは商業媒体なので常にスポンサーには気を使ったが、〝提灯記事〟もマッチポンプの匙加減で「なるほどぉ」と頷けるものになるのだと知った。単に書きたいだけではじめた個人ブログ「湘南逍遥」では殴り書きの快感も覚えた。

私がこれまで書いてきた有象無象の文章は、自分が歩んできた〝雑駁の日々の記録〟に通じるものと信じて、〝雑駁のひとつひとつ〟を編み直してみたのが拙著である。もっと深くて濃い内容にしてよ、と思われるむきがありやもしれないが、便利屋ライターは表層部で浮沈するのがふさわしい。深みにはまると大概が地獄を見ることになるので。

「日日是好日」の章で「そうそう」とか「これこれ」と共感を得て、読者の心をさざ波のように揺らすことができたなら、こんな仕事でもやってきた甲斐があるというもの。

二〇二三年一月二十五日に「週刊ザテレビジョン」休刊を知人から知らされた。私が出入りしていた時期は、ライバル誌の「週刊TVガイド」から売上ナンバーワンの座を奪った頃で、編集部員もイケイケぞろいだった。

原稿書きに行き詰まってしまった私に「もう帰れ。だがな、家には帰るな。街を歩いてこい。そしてなにが流行っているか、自分の目で見てこい。そうしたら書けるようになる」と促したのは当時グラビア班のデスクで、のちの角川書店で取締役を務められた田口恵司さんである。私はこの田口さんの言葉を糧にライター業に勤しみ、のちには後進の育成に使わせてもらった。

テレビ情報誌の記者時代にお世話になったTBSの番組宣伝マンの広瀬隆一さんには仕事のみならずプライベートでも深くお付き合いさせていただいた。趣味のない私に仕事の合間をぬって人生の愉悦の手ほどきをしてくれたのは広瀬さんである。

田口さんも広瀬さんもすでに鬼籍に入られている。感謝の言葉を伝えようもないが、便利屋として、この身果てるまで書きつづけるのが、なによりの恩返しになると思っている。

拙著「雑駁の日録」の原稿を読み返してみて、ふたつの意味で感心した。

ひとつは、よくもまあ呆れるほど書いたものだという驚き。当初は二百ページ前後の本を想定していたが大幅にオーバーしてしまった。こんな売れそうもない本の刊行を許してくれた夢ラボ・図書館ネットワーク理事長、ユニコ舎専務取締役の平川智恵子さんのオトコ前ぶりには心より敬意を表したい。売れることはあまり期待していないが、運悪く(?)手にした読者が「ユニコ舎の代表ってアホやで。おもろいこととやっとるわ」と思ってくれたなら、少しは会社の知名度アップに貢献できるのではないだろうか。

もうひとつは、拙著を編んでいくプロセスで味わった高揚感である。私は当初から〝狂気の沙汰〟を意識して「こんな拙(つたな)い本は出してはだめだ」と何度も逡巡(しゅんじゅん)した。だが、イラストを描いてくれた毬月絵美さんは「あれやこれやとアイデアが浮かんで筆がとまらなくなっちゃった」と面白がってくれたし、装丁者の芳本亨さんも私の雑駁な思考をうまく咀嚼（そしゃく）しながら形にしてくれた。お二人とも還暦を過ぎた同年代である。幼少期に仲間たちと原っぱで秘密基地をつくっていた頃のワクワク感が「こんな本はだめだ」という大人の分別に勝ったように思える。このあと廊下で立たされて反省する姿が浮かぶのだが……。

「未来に向かって飛び出す勇気と知恵は、未来と同じくらい長くて深い過去の歴史から学ぶことで湧き出てくる」とはユニコ舎の処女刊行物「キネマの玉手箱」の著者・大林宣彦さんの言葉である。それによりユニコ舎は「温故知新」を指針とする出版事業を展開している。なので拙著からその片鱗を感じていただけたなら幸甚（こうじん）である。

還暦を過ぎてからも「境界　ＢＯＲＤＥＲ」ではたくさんの戦争体験者と知り合った。モザイクスタイルアーティストの中村ジュンコさん、群馬県下仁田町で女性村のユートピアづくりを進めている西舘好子さんとも出会った。私の便利屋人生はつづいていく。

二〇二三年四月二十五日　ユニコ舎代表　工藤尚廣

工藤尚廣
くどう・なおひろ●1960年4月25日、埼玉県戸田市生まれ、新潟県村上市育ちの“羊の皮をかぶった山羊”。1979年3月に上京後、学生時代から出版業界に身を置き、フリーランスのライター、記者、編集者を生業としてきた。「新建築」「ザテレビジョン」「TVガイド」「aura」などで“便利屋”として活動。「クルーズマガジン「船の旅」（東京ニュース通信社）、文学通信紙「総国（ふさのくに）逍遥」（朝日新聞千葉ヒルズ）、テレビ情報誌「おとなのデジタルTVナビ」（産経新聞出版）の編集長を歴任。東京ニュース通信社でプレミアムムック「歴史航海」「時間シリーズ」（ハワイ・ドバイ・マレーシア・上海）、「世界に乾杯！」（アグネス・チャン著）、「不思議航海（ミステリークルーズ）」（内田康夫・早坂真紀共著）の編集人を務め、産経新聞出版で「テレビの国から」（倉本聰著）をプロデュース。1997年に湘南・大磯町に転居し、2009年1月から個人事業主・湘南文学舎を主宰し、個人ブログ「湘南逍遥」を開始。2014年12月に特定非営利活動法人夢ラボ・図書館ネットワーク、2020年1月にユニコ舎を起ち上げて、「温故知新」に根ざした出版活動をつづけている。

参考・引用文献（五十音順）

「アナン、」飯田譲治・梓河人著　講談社
「あやし　うらめし　あな　かなし」浅田次郎著　集英社
「宇宙潜航艇ゼロ」石津嵐著　朝日ソノラマ
「美味しんぼ」雁屋哲原作・花咲アキラ作画　小学館
「おとなのデジタルTVナビ」産経新聞出版
「課長島耕作」弘兼憲史著　講談社
「神奈川県医師会報」二〇〇九年十二月号　神奈川県医師会
「がむしゃら1500キロ」浮谷東次郎著　筑摩書房
「こだわりを捨てる　般若心経」ひろさちや著　中央公論新社
「更級日記」菅原孝標女著
「さよならバースディ」荻原浩著　集英社
「サンデーいわふね」いわふね新聞社
「シェーグレンと共に vol.2 患者篇」シェーグレンの会著　前田書店
「新進作家の新傾向解説」川端康成著
「新世界にて」貴志祐介著　講談社
「土」長塚節著　新潮社
「デビルマン」永井豪著　講談社
「ねこ新聞」猫新聞社
「野火」大岡昇平著　創元社
「慈雨の音」宮本輝　新潮社
「晴れた空」半村良著　集英社
「Palette」一九九三年一月号　小学館
「般若心経の科学」天外伺朗著　祥伝社
「ひとすじのみち」島崎静子著　明治書院
「百億の昼と千億の夜」光瀬龍原作・萩尾望都作画　秋田書店
「貧窮問答歌」山上億良著
「船の旅」二〇〇四年二月号　東京ニュース通信社
「文芸ビルデング」一九二九年十月号　新聲社
「総国逍遥」朝日新聞千葉ヒルズ
「迷走王ボーダー」狩撫麻礼原作・たなか亜希夫作画　双葉社
「夜想」貫井徳郎著　文藝春秋
「夢をかなえるゾウ」水野敬也著　文響社
「ラーメン発見伝」久部緑郎原作・河合単作画　小学館
「ルドルフとイッパイアッテナ」斉藤洋著　講談社
「歴史航海」東京ニュース通信社

雑駁の日録

2023年4月25日　初版第1刷発行

著者　工藤尚廣

発行者　平川智恵子
企　画　特定非営利活動法人夢ラボ・図書館ネットワーク
発行所　株式会社ユニコ舎
〒156-0055 東京都世田谷区船橋2-19-10 ボー・プラージュ2-101
TEL 03-6670-7340　FAX 03-4296-6819
E-MAIL info@unico.press
印刷所　大盛印刷株式会社

装　丁　芳本享
装　画　毬月絵美
協　力　安木由美子（草径庵）

ISBN978-4-911042-00-7 C0095